고백해도 되는 타이밍

우리학교 소설 읽는 시간
고백해도 되는 타이밍

초판 1쇄 펴낸날 2025년 5월 29일
초판 7쇄 펴낸날 2025년 10월 15일

지은이 황영미
펴낸이 홍지연

편집 홍소연 김선아 김영은 이예은 차소영 조어진 서경민
디자인 이정화 박태연 정든해 이설
마케팅 강점원 원숙영 김신애 김가영 김동휘
경영지원 정상희 배지수

펴낸곳 (주)우리학교
출판등록 제313-2009-26호(2009년 1월 5일)
제조국 대한민국
주소 04029 서울시 마포구 동교로12안길 8
전화 02-6012-6094
팩스 02-6012-6092
홈페이지 www.woorischool.co.kr
이메일 woorischool@naver.com

ⓒ황영미, 2025
ISBN 979-11-6755-329-4 43810

- 책값은 뒤표지에 적혀 있습니다.
- 잘못된 책은 구입한 곳에서 바꾸어 드립니다.
- 이 책에 삽입된 가사는 한국음악저작권협회(KOMCA)의 승인을 받았습니다.

만든 사람들
편집 차소영
디자인 이정화

고백해도 되는 타이밍

황영미 장편소설

우리학교

혼급식을 하는 방법 ······ 7

꼬리에 꼬리를 문 생각의 화살표 ······ 17

내 이름을 불렀어 ······ 31

허언증 개찐따가 아니라 ······ 47

영원, 할머니 ······ 57

만남과 이별 ······ 67

슈퍼맨 ······ 82

마음의 눈으로 보는 법 ······ 92

고백해도 되는 타이밍 ······ 103

현서 ······ 116

나쁜 상상 ······ 131

내가 불행한 이유 ······ 143

여름밤의 기적 ······ 151

모든 구름의 뒤편 ······ 167

연극이 끝난 뒤 ······ 179

꼬리 잘린 청설모 ······ 189

사랑이 넘치도록 많은 사람 ······ 205

작가의 말 ······ 220

혼급식을 하는 방법

콱 죽을 수도 없고

딱 10년만 잠들었으면 좋겠다.

이렇게 쓴 다음 클릭했다. 갑자기 튀어나온 생각이었는데 맑은고딕체 글자로 보니 그럭저럭 괜찮았다. 일 초, 이 초, 가슴이 뛰었다. 조금 지나니 조회 수가 3이 됐다. 대단한 댓글을 기대하고 쓴 건 아니다. 당장 아무 말이든 내뱉지 않으면 미쳐 버릴 것 같았다. 썩어 가는 심장이 악취를 풍기며 속삭였다.

'홍지민! 넌 끝났어. 버텨 봐야 남는 건 쪽팔림밖에 없어. 지금 당장 네가 할 일은 뭐다? 얼른 집 밖으로 나가서 달리는 자

동차에 뛰어들라고! 당장!'

나더러 죽으라고? 싫은데? 그렇다고 역사에 길이 남을 개망신을 당했는데 살 방법이 있는지 모르겠다. 그저 어딘가에 소리라도 질러야 했고, 내 이야기를 들어 줄 사람은 없으니 인터넷에라도 글을 올리는 수밖에 없었다.

내키는 대로 쓴 글인데 울컥했다. 정말 딱 10년만 잠들었다가 깨어나면 좋겠다. 그럼 나는 20대가 되어 있을 거고, 대학도 졸업했을 거고, 어쩌면 CC로 만난 애인과 연애 중일지도 모른다. 멋진 커리어 우먼이 됐을 수도 있고. 아직 취준생일 수도 있겠지만, 알바라도 열심히 하고 있겠지. 10년 후의 내 모습을 상상하니 기분이 좀 좋아졌.

십 분이 지나도록 조회 수는 5에 머물러 있었다. 서운했다. 결국 난 밍글에서도 찬밥 신세인 건가? 새로 고침을 눌렀는데도 조회 수는 여전했고, 댓글도 없었다. 이제 보니 내 글은 저 멀리 한참 뒤로, 올라온 지 거의 하루는 지난 글처럼 밀려나 있었다.

뭐지? 글을 올린 지 이십 분도 안 됐는데 이런 사달이 날 수가 있나? 있을 수 없는 일이다. 전쟁이 터졌거나, 좀비 떼가 나타났거나, 자식이 다섯 명쯤 있는 어느 대통령이 젊은 여자랑 바람이 났거나, 아무튼 외국 뉴스에도 날 만한 엄청난 사건이 일어난 게 분명하다.

내 짐작이 맞았다. 가수 H의 스캔들이 터졌다.

포털 사이트 메인은 H의 스캔들로 뒤덮였다. H한테 애인이 있었는데, 그녀가 임신했다고 알리자 H는 애인의 번호를 차단하고 잠적했던 것. 하지만 H의 일정을 속속들이 알고 있던 애인이 방송국에 나타나자 H는 생방송까지 펑크를 내고 도망갔다는 기사였다.

이런 핫뉴스에 밍글이 조용할 리 없었다. 격정적인 글이 일 초에 수십 개씩 쏟아졌다. 거의 H를 성토하는 글이었다.

관상은 진짜 사이언스! 눈웃음치고 다닐 때부터 알아봤지.
이번 임신이 처음이 아니라는 데에 전 재산 500원 걸어요.
노래도 못하고 춤도 못 추는 게 졸라 설치더니 제대로 미친놈.

간혹 H를 두둔하는 글도 있었다. 임신했다고 나대는 여자 유흥업소 출신이라는 소문이 있던데 진짜 임신한 거 맞냐고. 설령 임신했다고 하더라도 H 애라는 증거 있냐고. 이런 글이 올라오면 순식간에 반박 댓글이 달렸다.

업소녀라고 임신한 애인 내치는 걸 우리가 응원해 줘야 함?
상대가 누구든 자기 자식 책임져야 하는 건 국룰이지.

이틀 전의 나였으면 대략 1박 2일 동안 H를 성토하는 글을 백 개쯤은 썼을 거다. 케이팝의 미래를 위해서라도 저런 인간은 초장에 조져 놓아야 한다고, 인성 빻은 것들은 연예계에서 퇴출되어야 마땅함, 어쩌고저쩌고.

그런데 이상하게 H에게 아주 약간 고마웠다. H는 생방송을 펑크 내고는 5성급 호텔로 도망갔다. 거기서 수영을 하는 사진이 파파라치가 띄운 드론에 딱 찍혔다. 톱스타가 저런 잘못을 저지르고도 멀쩡히 살아 있는데, H에 비하면 나는 별거 아니잖아? 나, 죽지 않아도 되는 거지?

다음 날 학교에 가니 어김없이 예승이 주변에 아이들이 모여 있었다. 저 애는 정말이지 쉬지 않고 떠든다. 작년에도 같은 반이었는데, 선생님들은 저 애를 볼 때마다 한숨을 푹푹 쉬었다. 담임은 농담처럼 이런 말도 했다. 너 잘 때는 수다 못 떨어서 어떡하냐? 그랬더니 예승이가 냉큼 대꾸했다. 잠꼬대하잖아요.

나는 못 본 체하고 내 자리로 갔다. 하긴 저 자리에 끼고 싶어도 낄 수가 없다. 이 학교에서 나는 끝났다. 누가 나랑 말을 섞고 싶을까? 이런 현실을 알면서도 등교한 내가 어찌나 대견한지.

그런데 저 자리가 자꾸 신경 쓰였다. 키스? 키스라고? 아까

부터 예승이는 주어, 목적어, 서술어를 빼고 '키스'라는 단어만 엄청나게 쏟아 내고 있었다. 이어폰 볼륨을 최대한 낮추고 예승이 쪽으로 귀를 기울였다.

"둘이 꽉 껴안았대. 마침 보름달이어서 그림자가 길게 보이더래. 그 모습이 예뻐서 당장 그 자리에서 죽어도 좋겠다는 생각이 들었다는 거야."

예승이가 말했다. 아이들은 침을 꼴깍꼴깍 삼키며 예승이 말을 들었다. 아, 자기 얘기가 아니었구나. 하루 종일 떠드는 예승이를 아이들이 싫어하지 않는 이유가 있다. 예승이는 말을 참 재미있게 한다.

"그러다 딱 걸린 거지."

"헉! 누구한테?"

"키스할 때? 아님 껴안고 있을 때?"

"에이, 아까 말했잖아. 키스하다가 걸렸다고."

예승이는 자기가 현장을 직접 목격한 것처럼 말했다. 사연을 요약하자면 이랬다.

예승이랑 조금 친한 3학년 선배가 있다. 그 선배가 어떤 고등학생이랑 사귀기 시작했는데, 어젯밤 길을 걷다 키스까지 하게 되었다. 그런데 하필 그곳을 지나던 한문 선생한테 딱 걸린 거다. 다른 선생님이었으면 못 본 체했을지 모르지만, 한문이 누군가. 2학년 부장이자 젊은 꼰대라고 소문난 또라이다.

한문은 선배의 등을 툭툭 쳤다.

"대박!"

"어떡해?"

"그래서 어떻게 됐어?"

예승이는 바로 대답하지 않고 아이들을 쓱 둘러보았다. 뜸을 한참 들인 예승이가 말했다.

"한문을 보고는, 그 언니가 어머 선생님! 이랬대."

"따졌어? 왜 방해하냐고?"

"야, 미쳤냐? 그래서 예승아, 한문이 뭐라고 했는데? 얼른 말해 봐."

"선생님! 하고 반갑게 꾸벅 인사했다는 거야. 남자 친구한테도 오빠, 우리 학교 선생님이서. 인사해. 이랬대."

"오, 키스하다 들켰는데 뭐지?"

"그 언니 혹시 할리우드에서 왔냐?"

"야야! 그랬더니 한문이 뭐래? 그 선배 혼났어? 어떻게 됐어?"

"한문이 손목시계를 보여 주더래. 열 시 넘었다는 거지. 열 시 넘으면 피시방이나 노래방 이런 데 못 들어가잖아. 거기가 유흥가였대. 얼른 집에 가라는 뜻으로 알고 한문한테 네, 곧 집에 가려고요. 이렇게 말하고 인사했대. 끝!"

천하의 예승이가 웬일로 끝이지 싶었는데, 담임이 교실에 들어오고 있었다. 물론 종이 울린 후에도 예승이는 옆자리 아이랑 계속 속닥거렸지만.

쉬는 시간이 되자 아이들이 또 예승이 주변에 모였다. 이번에는 어떤 고등학생 선배의 연애사였는데, 선배가 바람 난 새끼(예승이 표현)의 교실을 뒤집어 놨다는 이야기였다. 아이들은 예승이 말에 재미있어 죽으려고 했다. 나도 귀를 쫑긋 세우고 어떤 웹툰보다, 어떤 영화보다 재미있는 예승이의 이야기를 엿들었다. 어쨌거나 나는 저 자리에 낄 수 없다.

하루 종일 말을 안 하니 입안에 곰팡이가 핀 느낌이었다. 집에 오자마자 냉장고에 있는 반찬들을 때려 넣고 양푼 비빔밥을 만들어 먹었다. 컵라면과 탄산수도 먹었다. 그러고 나니 할 일이 없었다. 학원은 지난주에 그만뒀다. 지역 맘카페에서 내가 다니던 학원이 가성비 떨어지는 사교육 업체 1위에 뽑혔단다. 엄마는 잠깐 쉬면서 혼자 공부하라고, 곧 다른 학원을 알아봐 주겠다고 했다.

배가 부르니 졸렸다. 그렇다고 이 시간에 잘 수는 없었다. 버릇처럼 밍글에 접속했다. 다들 한가한가? 새 글이 꽤 많았다.

혼급식 요령 좀 알려 주라

급식실 못 간 지 이틀째.

나는 이런 짤막한 글을 올렸다. 왜 급식실에 못 갔는지 구구절절 설명하고 싶었지만 참았다. 글이 길어지면 아무도 읽지 않는다.

그런 다음에야 교복을 갈아입었다. 뱃가죽이 등에 붙을 정도로 배가 고팠던 터라 옷 갈아입을 새가 없었다. 양말과 셔츠를 세탁기에 넣고, 이를 닦았다. 신기한 일이다. 집에 올 때만 해도 심각하게 우울해서 죽고 싶다는 생각만 들었는데, 뭐지? 금세 기분이 나아졌다. 역시 사람은 굶으면 안 된다. 다이어트는 우울증을 유발하고 만병의 근원이다. 우리 모두 뚱보가 됩시다. 탄수화물은 사랑입니당! 이런 글을 막 올리고 싶은데, 그럼 악플만 달리겠지? 어쨌든 배 터지게 먹고 나니 인생관이 긍정적으로 바뀌었다.

이를 닦으며 스트레이트 노 체이서의 〈Text me Merry Christmas〉를 들었다. 요즘 이 노래에 꽂혔다. 치약 거품을 잔뜩 문 채 노래를 따라 흥얼거렸다. 하룻밤 자고 일어났더니 기적처럼 크리스마스가 되어 있다면 얼마나 좋을까? 이 구질구질한 봄과 여름, 가을이 후딱 지나가면 좋겠다.

화장실에서 나와 다시 밍글에 접속했다. 그런데 그사이 엄청난 일이 벌어졌다. 내가 올린 글에 댓글이 37개나 달려 있었다.

- ↳ 그냥 굶어 다이어트도 되고 좋지 뭐
- ↳ 우리 학교는 존나 다행인 게 교실에서 급식 먹음. 자기 자리에서 먹는 식이라 혼밥 스트레스 없다. 냄새는 좀 나도 교실 배식이 개꿀임.
- ↳ 혼자 밥 먹어도 안 죽어. 인생 진짜 별거 없다. 하고 싶은 거 다 하고 쫄지 말고 살아.
  - ↳ 이 말 진짜 맞음. 혼자 밥 먹는다고 쳐다보는 것도 하루이틀임. 밥 맛있게 먹어라, 얘들아.
  - ↳ 2222 대학 가면 맨날 혼밥 할 거 옛날엔 왜 그렇게 눈치 봤나 싶음
- ↳ 난 당당했음 ㅋㅋㅋ 혼자 밥 먹는다고 눈치 보고 그러면 더 찐따 같으니까 어깨 펴고 가슴 펴고 다니셈 그럼 오히려 박수 쳐 줌 ㅋㅋㅋㅋㅋ

읽는 동안에도 계속 새 댓글이 달렸다. 처음에는 당당하게 혼자 먹으라는 댓글이 많았는데, 페이지가 넘어가니 다른 댓글도 보였다.

- ↳ 중2 때 반 배정 망해서 반년 동안 혼자 급식 먹었는데 그때 생긴 정병 아직도 안 고쳐짐 ㅜㅜ
- ↳ 다들 혼자 다니는 사회에서 혼밥 누가 못 함 급식은 진짜 다

르지 아무도 뭐라고 안 해도 사람을 눈치 보게 만들잖아

↳ 난 그래서 배식 당번 했었는데 ㅜㅜ 요즘은 그런 거 없나? 밥 늦게 먹고 남은 반찬 없을 때도 있긴 했는데 애들 없을 때 먹으니까 훨씬 마음 편하더라.

↳ 하 눈물 나네. 나도 중학교 때 혼자 다닌 적 있는데 밥은 어케 먹어도 체육 시간에 아무도 나랑 짝 안 되려고 하는 거 너무 비참했음. 근데 진짜 지나고 나면 별일 아니게 되더라. 이거 너무 답 없는 말인 거 아는데, 지나고 보면 진짜 그래. 더 좋은 미래가 기다리고 있으니까 힘내자.

그사이 댓글은 79개가 되었다. 와, 엄청난 일이다. 순식간에 댓글이 이만큼이나 달리다니. 밍글에 가입한 이후로 이런 관심은 처음이다.

꼬리에 꼬리를 문
생각의 화살표

관심받는다는 게 이런 거구나. 잠시 우쭐했고, 행복했고, 기뻤다. 하지만 온라인은 한계가 있다. 진짜 세상으로 나오면 여전히 나는 허언증 개찐따니까.

중학교 와서 아이들이 나를 그다지 좋아하지 않는다는 건 눈치챘다. 초등학교 다닐 때는 나름 인싸였는데, 왜 이러지? 그렇다고 나를 왜 안 좋아하는 거냐고 대놓고 물어볼 수도 없었다. 단짝도 없고, 절친도 없고, 무리 지어 다니는 아이도 없었지만, 작년까지는 그럭저럭 잘 지냈다.

2학년에 올라오니 우리 반에 여자애는 총 열두 명이었다. 그런데 벌써 그룹이 다 지어져 있었다. 뭐, 어쩔 건가. 내가 먼저 말을 걸고, 아이들이 하는 대화에 끼어들었다. 급식을 먹을 때는 반장 그룹을 졸졸 쫓아갔다. 물론 알았다. 애들이 날 좋아하지 않는다는 걸. 그렇지만 싫어할 줄은 몰랐다. 사흘 전, 월요일에 애들이 나를 어떻게 생각하는지 제대로 알았다.

"아까 체육 할 때 홍지민 때문에 우리 반 뒤집어졌다."

화장실에서 나오다가 이런 말을 들었다. 저 아래 계단참에 우리 반 윤도하와 다른 반 남자애들이 모여 서 있는 게 보였다. 그 애들은 엄청나게 큰 소리로 떠들고 있었는데, 언뜻 홍지민이 어쩌고 하는 말이 들려왔다.

"왜? 왜? 어쨌는데?"

다른 반 애가 묻자 윤도하가 팔을 흐느적거리기 시작했다. 춤과 율동의 중간쯤 되는 애매한 동작을 하면서 이따금 손뼉을 쳤다. 그 모습을 본 남자애들이 뒤집어지게 웃었다.

"역대급. 살다 살다 그렇게 박치인 애는 처음 봐. 봐 봐! 이게 치어리딩이냐?"

윤도하는 흐느적거리며 내가 했던 동작을 또 흉내 냈다. 저 애들은 신나게 나를 씹어 대는 중이었다.

"큰일 났네. 못생긴 애가 춤도 못 추면 어쩌냐?"

"원래 그래. 세트로 와. 예쁜 애가 성격도 좋고, 공부도 잘하고, 춤도 잘 춰. 몰빵은 진리더라고. 신은 공평하지 않아."

"맞네. 게다가 걔 더러움."

"너 작년에 홍지민이랑 같은 반이었지?"

"어. 걔 내 옆에 앉았었는데 와! 진짜, 완전."

"뭐? 뭔데?"

"한번은 재채기를 빡세게 하더라고. 그런데 코딱지가, 아 씨발 더럽게, 졸라 큰 게 나오는 거."

"아, 걔 허언증도 있어. 자기가 재벌가 숨겨 둔 자식이라나 뭐라나."

"뭐래. 진짜?"

"진짜겠냐? 여자애들이 나중에 뭐라 하니까 자기 얘기가 아니라 웹툰 얘기였는데 주어를 잘못 말했다나. 아, 아무튼 걔 헛소리 쩔어."

"야야! 말하니까 자꾸 생각나네. 내가 작년에 강제 전학 각오하고 홍지민 한번 뒈지게 패 주려고 했었어."

"왜? 뭔 일 있었어?"

"나한테 대가리 크다고 말했어. 그것도 진지한 표정으로."

"미친 거 아니야?"

"제대로 미쳤지. 빡쳐서 디엠 보냈어. 만나자고. 걔 만나기 전에 학폭 처분 검색도 하고 그랬다. 반쯤 죽여 놓으려고."

"그래서?"

"내가 기분 나빠할 줄 몰랐다면서 싹싹 빌더라."

"홍지민 제대로 또라이네. 대가리 크다는 게 칭찬이냐? 걔

혹시 사이코패스 아냐?"

"사과한 거 보면 사이코패스는 아니겠지. 그냥 눈치가 더럽게 없는 거야."

"그래서 사과 받아 줬어?"

"받아 줘야지 어쩌겠어? 잔뜩 각오하고 나갔는데 좀 허탈하긴 하더라. 대신 경고는 날렸지. 앞으로 내 앞에 걸리적거리면 뒤질 줄 알라고. 그랬더니 내 눈에 띄지 않도록 조심하겠대."

그때 생각했다. 이건 영화야! 오 초 후에 이 학교는 순식간에 다른 우주로 빨려 들어갈 거야. 나는 지금 서 있는 자리에서 웜홀에 들어갔다가 짠 하고 다른 공간에 나타나겠지. 저 아이들이 없는 행성, 나는 앞으로 밝고 따뜻하고 사랑만 가득한 세상에서 살아가게 될 거야……는 개소리고. 얼굴이 화끈거리고 온몸이 떨렸다. 자기들끼리 떠드는 거지만 전국에 생중계 되는 느낌이었다. 과장이 아니다. 네 명 다 입 싸기로 유명한 시민중 스피커였으니까.

그제야 완벽하게 이해할 수 있었다. 그동안 나를 대하던 아이들의 묘한 눈빛, 친절하지 않은 말투, 보이지 않는 철벽이 무슨 의미였는지. 그리하여 사흘 전, 나는 시민중 공식 허언증 개찐따가 됐다.

오해가 있다고, 허언증 소리를 듣게 된 이유를 구구절절 설명하고 싶은데 지나가는 바퀴벌레나 내 변명을 들어 줄까. 아무도 내 얘기에는 귀를 기울이지 않을 거다. 그렇다고 전학 갈 수도 없고, 이렇게 적대적인 환경에서 잘 지내는 방법도 모르겠고, 어떻게 살아야 할지 모르겠다. 젠장.

아침에 일어나니 내 혼급식 글에 하트가 엄청 많이 찍힌 댓글이 있었다. 나는 눈물까지 찔끔 흘리며 그 댓글을 정독했다.

> ↳ 혼급식하는 애들 봐라. 꿀팁 푼다.
> 1. 일단 좀 늦게 먹는 거 추천. 애들 슬슬 빠질 때쯤에 가면 심적으로 좀 편함. 아, 너무 구석진 데 앉으면 오히려 눈에 띠니까 적당히 사람 없는 곳에 앉고.
> 2. 조리사 분들이나 배식해 주시는 분들한테 인사 잘하기. 이걸 왜? 싶을 수도 있는데 인상 한번 박히니까 볼 때마다 말 걸어 주셨거든? 나는 그게 되게 큰 힘이 되더라.
> 3. 급식실에서 절대 눈치 보지 마라. 절대! 보지 마! ★★★★ 기죽어 있으면 더 없어 보인다. 책이든 문제집이든 프린트물이든 뭐 좀 들고 가서 보면 덜 뻘쭘함.
> 4. 제일 중요한 거. 친구 없어서 혼밥한다고 생각하면 안 돼. 난 존나 잘나간다, 전국구에서 노느라 너네랑 밥 먹으면서 수다 떨 시간도 아깝다는 마인드 장착해. (근데 이거 진짜 효과 있다? 애들 밥 먹고 놀 때 난 독하게 공부해서 원하는 대학

붙었음. 학생증 인증 가능.)

5. 아는 애들 마주쳐도 당당하게 인사해. 백퍼 왜 혼자 먹냐고 물어보겠지? 그럼 그때 들고 온 책 보여 주면 돼. 혼자 밥 먹으면 모든 애들이 다 나 쳐다보는 거 같지? 근데 애들도 너한테 그렇게까지 관심 없어.

6. 아, 근데 적당히 꾸미고 다니는 건 추천. 자신감도 생기고 쿨하게 혼자 다니는 이미지도 잘 쌓이고 여러모로 좋음.

파이팅!

거기에 나는 댓글을 달았다.

  ↳ 고맙습니다. ㅠㅠ 당당하게 급식실 가서 맛있게 먹을게요. 나중에 제가 잘돼서 우연히라도 뵙게 되면 맛있는 밥 사 드리고 싶어요. 그리고 좋은 댓글 적어 준 애들아, 너희들도 꼭 잘될 거야. 파이팅하자.

한 스푼의 농담 없는 진심이었다. 변덕 심하고, 감정 기복도 심한 내가 이 마음을 잊을까 봐 댓글들을 전부 캡처해서 다이어리에 붙여 넣었다.

별 기대 없이 올린 글이었는데, 올리길 잘했다. 나만 혼급식을 하는 게 아니라는 사실만으로도 큰 위로를 받았다. 게다가 혼자서도 당당하게 다니고 대입까지 성공했다는 댓글을 읽고 나니 자신감이 샘솟았다.

그분의 조언대로 거울 앞에 앉아 로션을 바르고 머리를 빗었다. 평소였으면 뻗친 머리만 대강 빗고 나갔을 텐데 헤어롤도 말고, 여드름 패치도 붙이고, 틴트도 발랐다. 스타킹에 구멍이 나지는 않았는지 꼼꼼히 살핀 다음 운동화에 묻은 먼지도 털었다.

그렇게 집을 나서니 등굣길에 마주치는 이름도 모르는 애들이 괜히 반가웠다. 어느 집 마당에 하얗게 핀 목련이 예뻐서 사진도 찍었다. 저 앞에 예승이 무리가 왁자지껄 떠들며 걸어가는 것이 보여 인사할까 생각했다가 오버하는 것 같아서 참았다.

역시 마음가짐이 중요하다. 어제까지는 숨 쉬는 것도 힘들었는데, 오늘은 그럭저럭 괜찮았다. 쉬는 시간에는 화장실에 다녀오거나 다음 과목 책을 읽었다. 그리고 점심시간이 되었다.

그저께와 어제 점심을 굶어 보니 사람이 배고파서 죽을 수도 있겠구나 싶었다. 급식은 당연한 권리다. 밥 먹으러 가는데 기죽지 말자. 심호흡 한번 하고, 내가 이 구역에서 제일 잘나가는 여자야! 마인드 장착.

그런데 초장부터 쉽지 않았다. 내가 이 구역에서 제일 잘나가는 여자라니! 정신이 회까닥하기 전에는 이런 생각을 집어

넣을 수가 없었다. 아, 모르겠고 그냥 가자! 사흘이나 굶을 수는 없잖아.

나는 프린트물 대신 이어폰을 집어 들었다. 나, 친구 없어서 음악 듣는 거 아니야. 진짜 이 음악에 꽂혔거든. Text me Merry Christmas, Let me know you care, Just a word or two of text from you······.

급식실이 가까워지자 온몸의 세포가 일제히 환호성을 질렀다. 저 냄새, 로제 찜닭이겠지? 식단을 보지는 않았지만 금방 알겠다. 야호! 구수한 냄새도 난다. 계란국인가? 나는 한달음에 급식실로 달려갔다. 아니, 그러려고 했다.

그때 내 옆으로 익숙한 공기가 휙 스쳐 지나갔다. 예승이였다. 그런데 예승이네는 일곱 명 아닌가? 벌써 저만치 앞서간 아이들을 보니 적어도 열 명은 되는 것 같았다. 눈을 한번 질끈 감았다가 뜨고 자세히 봤다. 급식실로 들어가는 저 아이들, 우리 반 여자애들 전부 다였다.

나만 빼고.

숨이 턱 막혔다. 이건 상상도 못 해 본 장면이었다.

나, 떨궈진 건가? 아니지. 애초에 친한 애들이 없었으니 떨궈질 것도 없지. 로제 찜닭 냄새가 복도를 가득 메웠다. 냄새 때문에 기절하겠다. 미친 척하고 급식실로 들어가? 굶어 죽는 것보다는 낫잖아. 당당함 장착, 자신감 장착, 나 혼자서도 잘 다니는 이 구역 인싸라고!

 그렇지만 결국 발걸음을 돌릴 수밖에 없었다. 머릿속으로는 혼급식할 수 있을 것 같았는데, 더는 쥐어짜 낼 용기가 없었다. 정성스럽게 댓글을 달아 준 분께는 미안하지만, 나는 그분과 싹수부터가 다른 것 같다.

 교실에는 아무도 없었다. 밥 다 먹은 애들이 들어와서 날 보며 수군대든 말든 '난 다이어트 중이고, 심장에 꽂힌 노래 듣는 중이야!' 이런 포스를 풀풀 풍기면 되지 뭐. 나는 이어폰을 꽂은 채 책상에 엎드려 자는 척을 했다.

 하지만 머릿속은 엉망진창이었다. 어떻게 나만 빼놓고 다 같이 급식실에 갈 수가 있지? 애들이 밥 먹고 오면 따져 볼까?

 '나, 우리 반 왕따야?'

 눈 똑바로 뜨고 당당하게 물어보면 '응! 지민이 너 왕따 맞아.' 이렇게 대답하지는 못하겠지. 약간 쫄기도 하겠지. 왜냐? 반 애들이 왕따 맞다고 대답하면 내가 녹음할 테고, 담임이 나설 테고, 학폭위가 열릴 테니까. 애들이 어떻게 대답할지 뻔하다.

 '뭐래? 너 종 치자마자 나갔잖아. 우리가 니 뒤를 쪼르르 쫓아가야 돼? 우리가 네 시녀냐?'

 생각해 보니 그 말도 맞다. 점심시간 종이 울리자마자 혼급식을 하겠다고 비장하게 교실을 나갔으니까.

더럽게 배고프다. 밥을 못 먹으니 온 신경이 바늘처럼 날카롭다. 아무나 붙잡고 시비를 걸어 대판 싸우고 싶다.

그런데 싸울 상대가 없다. 예승이랑 우리 반 여자애들이 무슨 잘못인가? 그 애들한테는 싫어하는 애랑 놀지 않을 권리가 있다. 결국 내 문제다. 내가 별로여서겠지. 허언증 개찐따랑 어울리기 싫겠지. 내가 꼭 고양이 무리에 낀 한 마리 물고기 같았다. 퍼뜩 떠오른 생각이었는데 그럴듯한 비유다.

우리 동네 마트에 고양이 한 마리가 있다. 이름은 '관종'이다. 사료를 챙겨 주는 사람도 많고, 놀아 주는 사람도 많다 보니 관종이는 자기가 스타인 줄 안다. 그 애는 보석 같은 호박색 눈으로 지나가는 사람들을 빤히 쳐다보는 버릇이 있다. '나 못 봤니? 왜 나더러 예쁘다는 말을 안 하는 거야? 자, 포즈 취했어. 얼른 핸드폰 꺼내서 사진 찍어.'라고 말하는 듯이.

예전에는 나도 관종이 같았다. 할머니랑 살던 어린 시절. 그때 나는 세상 사람들 전부 나를 예뻐하는 줄 알았다. 할머니는 나만 보면 이름 대신 "우리 공주님, 우리 공주님." 하고 불러서 어른이 되면 디즈니 영화 속 공주가 되는 줄 알았다.

일곱 살 적 겨울이 생각난다. 할머니가 다니던 성당에서 크리스마스 연극을 올리는데 거기에 나를 끼워 주었다. 대사라고는 "네." 한마디밖에 없었지만 천사 역이었다. 설렜고, 벅찼다. 그때 언니 오빠들 사이에서 연극 연습을 하며 먹었던 초콜 릿과 군밤, 호두과자도 떠오른다. 아, 침 고인다.

작은 시골 성당을 가득 메웠던 웅장한 피아노 소리, 할머니가 이불 천으로 만들어 준 하얀 천사 드레스, 소프라노로 캐럴을 부르던 스텔라 아줌마도 생각난다. 그날 나는 화장도 했다. 천사로 분한 내 모습은 한동안 나와 엄마 아빠의 프로필 사진이었다.

연극이 끝난 뒤, 눈이 내린 밤길을 할머니와 손을 잡고 걸었다. 이 길이 영원히 이어지면 좋겠다고 생각할 정도로 행복했다. 하지만 행복감 아래로 잔잔한 슬픔이 스며들었다. 겨울이 지나면 나는 초등학교 입학을 위해 부모님이 있는 도시로 옮겨 가야 했으니까. 좋았던 할머니 집은 방학 때만 갈 수 있는 곳이 되었다.

초등학교에 입학하고 부모님과 함께 살면서 관종이 같던 인생은 끝났다. 내게 예쁘다고 말해 주는 사람이 한 명도 없었다. 엄마 아빠도 내가 할머니 손에 자라 버릇없다는 말을 자주 했지, 예쁘다는 말은 하지 않았다. 나한테 관심 없는 이 도시가 너무나 낯설고 당혹스러웠다.

다행히 내게는 생존력이 있었다. 나는 춤을 잘 췄다. 학교나 집에서 아이돌 댄스를 추면 사람들이 나를 쳐다봐 주었다. 그런 흥이나 끼가 부모님에게는 없는 걸 보면, 어쩌면 할머니랑 살던 곳이 내게 준 선물이었는지도 모르겠다.

눈을 감으면 훤히 떠오른다. 높은 산과 평화로운 실개천, 엄청나게 큰 느티나무, 개망초와 강아지풀이 하늘거리는 둑길. 문을 나서기만 하면 사방이 트여 있어서 눈이 시원했다.

영원할 수는 없는 걸까? 아름다운 것, 소중한 것이 언젠가는 사라진다는 걸 나는 초등학교 3학년 때 처음 알았다.

할머니가 돌아가셨다. 내 삶의 의미, 내 존재의 뿌리가 송두리째 사라져 버렸다.

할머니가 돌아가신 뒤 내 인생은 뭐, 할 얘기가 없다. 평범했다. 학교 다니고, 학원 다니고, 인기 가수 팬질하고, 가끔 혼나고, 가끔 웃고……. 아! 진짜 더럽게 기억이 안 난다. 홍지민이라는 인물의 개성을 드러낼 서사가 한 줄도 없다.

아직도 할머니 손의 촉감이 생생한데, 내가 사랑하는 할머니는 어디 계실까? 저세상이 실제로 존재할까?

우리 할머니도 빙하에 모셨어야 했는데. 작년엔가, 어떤 기사에서 봤다. 이탈리아 알프스산맥에서 제1차 세계 대전에 참전했던 군인의 유해가 발견되었다는 걸. 한 세기가 넘도록 빙하 속에 갇혀 있던 이들의 유해는 계속된 폭염에 빙하가 녹아내리면서 모습을 드러냈고, 신원도 밝혀졌다. 1915년부터 1918년까지 이탈리아군과 오스트리아·헝가리 제국군의 산악전에 참전했던 군인들이라고 했다.

백 년이 넘도록 시신이 썩지도 않고 있다가 그대로 나타나다니. 이건 그냥 기적 아닌가? 아빠는 왜 할머니 시신을 화장했을까? 빙하에 모셨으면 보고 싶을 때마다 찾아가서 껴안고, 얘기도 하고, 뽀뽀도 할 수 있잖아.

　하긴 아빠도 자기 엄마 시신을 빙하에 묻을 수 있을 거라고는 상상도 못 해 봤을 거다. 알프스에서 장례를 치른다는 소식은 들어 본 적이 없으니까. 그렇다면 이건 상상력의 문제인가, 아니면 돈의 문제인가? 그런데 이게 왜 뉴스거리지? 그 대답을 내가 알 리가 없지. 안다면 나는 유엔 사무총장쯤 되어 있을 거다. 신기하기는 하다. 백 년이 넘도록 썩지 않은 인간의 몸이라니.

　아, 맞다. 이제는 한참 밀려나서 아무도 안 읽을 줄 알았던 혼급식 글에 새 댓글이 또 하나 달렸다. 그런데 엄청나게 길었다.

　↳ 학교에서 완전 혼자다? 그럼 무조건 도서관으로 가! 종이책 알레르기 때문에 약 먹어야 하는 체질이 아니면 그냥 가! 도서관에서 누가 모여서 떠드는 거 봤어? 다들 혼자 앉아서 책 읽어. 사서나 도서부원들이 누구 내쫓는 거 봤어? 책 좋아하는 사람들 대체로 순하고 착해. 도서관 가서 뭐 하겠어? 핸드폰 게임 할 거야? 아니지? 들락거리다 보면 가만있기 뻘쭘하

니까 책 뒤적거리게 되어 있거든. 처음에는 지루할 수 있어도 독서도 습관이다? 읽다 보면 재밌어질 거야. 게다가 애들도 책 읽는 애는 잘 안 건드려. 모범생들 잘 안 건드리는 것처럼. 혼급식이 힘든 친구들아, 밥 후딱 먹고 지금 당장 도서관으로 고고!

내 이름을 불렀어

도서관은 옳은 결정이었다.

첫날은 쭈뼛대며 서가 주변을 기웃거리기만 했는데, 다음 날은 만화책을 집어 들고 의자에 앉았다. 독서도 습관이라는데 평생 책이라고는 동화 몇 권, 짧은 소설 두어 권만 읽어 본 터라 만화책조차 눈에 잘 들어오지 않았다. 사흘째에는 책을 펴 놓고 잠만 처잤다.

그래도 눈치 주는 사람이 없어서 편했다. 하루는 책을 무려 두 권이나 빌렸다. 웹소설이긴 했지만.『마이 네임 이즈 노바디』시리즈 1, 2권이었다. 인기여서 늘 대출 중이었는데, 마침 어떤 아이가 반납할 때 바로 옆에 있어서 빌릴 수 있었다.

책을 빌려서 나오는데 약간 부자가 된 느낌이었다. 기분이 좋아서 저절로 콧노래가 나왔다. Text me Merry Christmas, Let me know you care…….

그러다 나와는 반대로 도서관으로 향하는 애랑 눈이 마주쳤다. 눈썹이 짙은 남자애였는데, 나를 보고 연하게 웃었다. 창피했다. 내 콧노래가 너무 컸나 보다. 아는 애는 아니지만 아마 1반인가 그럴 거다.

5교시 쉬는 시간에 『마이 네임 이즈 노바디』를 펼쳤다. 그런데 1권도 제대로 못 읽었다. 꼭 어디서 본 것 같은 내용이었는데, 너무 유명한 소설이라 그런 건지 아니면 인기 있는 설정을 다 때려 넣어서 그런 건지 헷갈렸다. 이게 왜 인기 있는 거지. 쉬는 시간마다 예승이가 늘어놓는 이야기가 더 재미있을 정도였다. 그러고 보니 5교시가 시작할 때 예승이랑 대화 비슷한 걸 했다. 그걸 대화라고 할 수 있을지는 모르겠지만. 예승이 책상 앞에 필통이 떨어져 있는 걸 보고 내가 말했다.

"예승아, 저거 네 필통 아니야?"

예승이는 나를 한번 쳐다보고 교실 바닥을 보더니 재빨리 필통을 주워 가방에 넣었다. 고맙다는 말 한마디도 없이. 뭐, 나랑 말 섞기 싫겠지. 그래도 좀 뿌듯했다. 일주일 전이었다면 상상도 못 했을 일이니까.

나에 대한 험담을 들은 뒤부터 나는 교실에 없는 사람처럼 납작 엎드려 지냈다. 그냥 숨만 쉬었다. 그런데 내가 먼저 예승이한테 말을 건 것이다. 얼마나 놀라운 변화인가. 도서관에 들락거리면서 자신감이 생겼나? 아무튼, 좀 뿌듯했다.

다음 날도 점심시간이 되자마자 쪼르르 도서관에 갔다. 『마이 네임 이즈 노바디』는 더 못 읽을 것 같아서 반납하고, 서가를 오가며 이 책 저 책 뒤적였다. 그러다 어떤 시선이 느껴졌다. 고개를 돌려 보니 어제 마주친 남자애였다. 그 애는 나를 일 초쯤 보더니 어제처럼 연하게 웃었다. 아닌가? 웃은 게 아닐 수도 있다.

그 애는 도서 반납 트롤리에 책 몇 권을 내려놓았다. 도서부인가? 그 애는 사서 선생님한테 다가가 무슨 말인가 하고는 도서관을 나갔다.

내가 약간 한심하다는 생각이 들었다. 도서관에 출입한 지 거의 일주일이 됐는데 제대로 읽은 책이 한 권도 없다. 이 수많은 책 중에 대체 뭘 읽어야 하는 건지. 도서관에서 핸드폰 게임을 할 수도 없고, 참 나. 사서 선생님한테 가서 물어볼까?

'책이라고는 동화책 몇 권밖에 읽은 게 없는데요, 딱 한 권만 추천해 주실래요?'

차마 이럴 수는 없다. 혹시 사서 선생님도 내 소문을 들었을지 모르니까. 『개찐따 살아남기』 『허언증 치료법』 이런 책을 추천하기라도 하면? 상상도 하기 싫다.

그러다 문득 서늘한 생각이 들었다. 도서관에서 이렇게 빈둥거리는 걸 누가 볼 수도 있지 않을까? 미치겠다. 여기서도 그런 시선을 받게 되면 나더러 나가 죽으라는 소리다.

나는 일 초도 망설이지 않고 도서 반납 트롤리로 갔다. 누군가 다 읽고 반납한 책일 테니 기본은 하겠지. 다 같은 중학생인데 얼마나 수준 차이가 나겠어? 한글 해독만 가능해도 읽을 수는 있겠지, 뭐.

트롤리에 쌓여 있는 책들을 쭉 훑었다. 『첫사랑』이라는 책이 눈에 띄었다. 작가 이름이 엄청나게 길었다. 이반 세르게예비치 투르게네프. 맨 위에 있는 걸 보니 아까 본 남자애가 반납한 책인 것 같았다. 본인이 빌린 것이든, 사서 선생님 심부름으로 갖다 놓은 것이든, 어쨌든.

딱 그 책 한 권만 빌렸다. 두세 권 빌려 봤자 못 읽을 것 같아서.

집에 오자마자 책을 펼쳤다.

'손님들은 이미 오래전에 뿔뿔이 흩어져 돌아갔다. 시계가 열두 시 삼십분을 가리켰다. 방 안에 남은 사람은 집주인과 세르게이 니콜라예비치 그리고 블라디미르 페트로비치뿐이었다.'

헉. 첫 문단만 봐도 이건 오 분 안에 수면 각이다. 다음 문장을 읽고 또 읽었는데도 내용이 머릿속에 입력되지 않았다.

저녁을 먹고 난 뒤 침대에 벌렁 누워 유튜브를 켰다. 그런데 조금도 즐겁지 않았다. 자괴감이 들었다. 책 빌려 놓고 뭐 하는 짓인지. 학교에서 내 피난처는 도서관뿐인데, 이렇게 책 읽기를 싫어해서 되겠나 싶었다.

아닌가? 내 탓이 아닐 수도 있다. 책이 지루해서 그럴 수도 있다. 하긴 너무 옛날 이야기다. 제목에 낚여서 옛날 소설인 줄도 모르고 빌려 왔다. 그래도 이번에는 대강이라도 읽고 반납하고 싶었다. 혹시나 책 반납할 때 사서 선생님이 물어볼지도 모르니까. 『첫사랑』 어땠어? 괜찮았어?

인내심을 바닥까지 긁어모아서 세 장쯤 읽었다. 그다음부터는 책장을 휙휙 넘겼다. 세 장이나 읽었으면 됐지, 뭐. 책장을 넘기면서 알았다. 이 책은 장편 소설이 아니었다. 「첫사랑」은 중편이었고, 뒤에 투르게네프의 다른 작품들이 실려 있었다.

결국 나는 맨 뒤에 있는 단편 하나를 읽었다. 술술 읽히지는 않았다. 모르는 단어도 많았다. 코페이카는 화폐 단위라고 짐작해도 코프타나 오 드 콜로뉴처럼 처음 듣는 단어들은 무슨 뜻인지 알 수가 없었다. 그래도 읽었다. 처음에는 참으면서 읽었고, 어느 순간부터는 읽기를 멈출 수 없었다. 마침내 책장을 덮고 나서는 울었다. 뭉클한 감정이 계속 맴돌아 다이어리에 짧은 메모를 남겼다.

'투르게네프의 「무무」를 읽다. 게라심이 무무를 강에 던질

때 펑펑 울었다. 못된 늙은 지주! 지옥에 떨어져라.'

다음 날에도 계속 여운이 남았다. 유행하는 소설도 아니고, 핫한 로맨스도 없는데 왜 이럴까? 책을 읽으면서 자꾸 눈물이 났는데, 내가 울고 싶어서 운 건 아니었다.

누군가 책을 읽고 울었다는 소리를 들으면 당장 '왜? 감성적인가? 대문자 F?' 같은 생각만 하던 나였다. 그런데 150년도 더 지난 소설을 읽고 눈물샘이 터지다니. 할머니 동네에서 본 개들이 생각났기 때문일까? 비천한 게라심에게 강하게 감정이입이 됐을 수도 있다. 자기를 이해해 줄 이가 세상에 단 한 명도 없는 외로운 사람이 요즘이라고 없을까? 개뺑 좀 치자면, 윤도하의 험담을 들은 이후 나도 귀가 안 들리고 말을 못 하는 게라심처럼 지냈다.

그런데 좀 신기했다. 다음 날 학교에 가니 내가 애들 눈치를 안 보는 거였다. 예승이한테 또 말을 걸었다. 그것도 아무렇지도 않게.

"오늘 체육 수행 평가라고 했나?"

"아닐걸? 다음 주일걸?"

내 질문에 예승이가 무심히 대꾸했다. 예승이 반응도 신기했다. 어제까지만 해도 나는 반 애들이 나랑 말을 섞는 것조차 싫어하는 줄 알았다. 왜냐? 나는 허언증 개찐따니까. 입장 바

뭐 생각하면 나도 싫다. 나는 자기를 거짓되게 포장하는 사람을 싫어했고, 지금도 싫어한다. 그래서 감히 애들에게 말 걸 엄두를 못 냈다. 내가 나를 거짓되게 포장한 적이 있으니까.

어쩌면 내가 오해했는지도 모른다. 반 애들이 다 나를 싫어하는 게 아닐 수도 있다. 윤도하 무리만 나를 개찐따 허언증이라고 생각하는 거고, 그 소문이 많이 퍼진 게 아닐 수도 있다.

쉬는 시간에 도서관으로 가며 생각했다. 계속 주눅 들어 있던 내가 약간 당당해진 이유가 뭐지. 그사이 엄청난 일이 일어난 것도 아니니, 아무래도 「무무」 때문인 것 같다.

댓글이 맞았다. 도서관에서 빌린 책을 들고 다니니까 애들이 다른 눈으로 보는 것 같았다. 어떤 애는 무슨 책을 읽는지 물어보기까지 했다. 그것도 있지만, 오래전 모스크바 근교에 살았던 농노 게라심에게서 위로와 용기를 얻었는지도 모르겠다. 죽어 버리고 싶을 만큼 비참해지는 일은 지구상에 오직 나만 겪는 게 아니라는 거, 그런 일은 옛날에도 있었고, 지금도 있고, 살면서 계속 겪게 될 감기 같은 것일지도 모른다는 거, 뭐 이런 진실을 깨닫게 된 덕분이 아닐까?

도서관에 책을 반납하고 나오는데 누가 벽에 포스터를 붙이는 게 보였다. 나는 저 아이를 안다. 전교 부회장 조현서. 유명하니까. 나는 걸음을 멈추고 현서가 붙이는 포스터를 들여다봤다.

> ### 자율 동아리 <고전을 걷다> 모집
> * **모집 기간:** 4월 둘째 주까지
> * **접수 방법:** 링크 또는 QR코드 접속해서 지원서 작성
> * **모집 대상:** 역사, 고전에 관심 있는 학생 모두
> * **활동 내용:** 고전 읽기, 박물관·고궁 견학 등
> * **면접:** 4월 13일 도서관 앞 휴게 공간

"너, 2반이지?"

포스터를 보고 있는 나에게 현서가 물었다. 시선은 내게 고정한 채로 현서는 테이프와 가위를 가방에 넣었다. 목소리가 다정했다.

"응, 맞아. 2반."

"자율 동아리인데, 관심 있어?"

"그냥 보는 거야. 고전 잘 몰라."

"우리도 고전 잘 몰라. 모르니까 하는 거야. 고리타분하게 들릴 수도 있는데 사극 하나 본다고 생각하면 돼. 박물관도 갈 거야. 참! 이 동아리 뭐 때문에 만든 거냐면."

경쾌한 목소리. 현서에게는 사람을 기분 좋게 만드는 매력이 있었다. 그렇지만 냉큼 동아리에 들겠다고 할 수는 없었다. 창체 동아리 '대중문화 비평반'도 지겨운데 뭘 또 자율 동아리까지. 내가 그 정도로 생각 없이 살지는 않는다.

"근데 투르게네프 소설도 고전이야?"

"투르게네프? 어디서 들어 봤는데. 잠깐만!"

현서는 주머니에서 핸드폰을 꺼냈다.

"아, 맞네!『사냥꾼의 수기』쓴 러시아 소설가. 맞지? 지난주에 그 책 샀거든. 당연히 고전 맞아. 투르게네프가 고전이 아니면 뭐가 고전이겠어? 그냥 좀 오래된 건 다 클래식이고 고전 맞아."

현서가 활짝 웃었다.

"그렇구나. 근데 내가 책 읽기를 별로 안 좋아해서……."

나는 말끝을 흐렸다.

"우리 동아리에도 책 좋아하는 애는 별로 없어. 한번 읽어 보려고 만든 거야. 사실 의욕 과잉이지 뭐. 나도『사냥꾼의 수기』사 놓기만 하고 안 읽었어."

현서가 씩 웃으며 잠시 뜸을 들이더니, 말을 이었다.

"사실 우리가 인원이 좀 부족해. 최소 세 명이면 되긴 하는데, 달랑 세 명만 하면 좀 그렇잖아. 게다가 지난주에 한 명이 나갔어. 근데 너 이름이 뭐야?"

"지민! 홍지민."

"그래, 지민아. 잘 생각해 보고 관심 있으면, 아니다. 관심이 한 방울만 생겨도 들어와. 응? 우리가 잘해 줄게. 자율 동아리니까 재미없으면 나가면 되잖아."

현서 목소리가 통통 튀었다. 하마터면 동아리에 들겠다고 말할 뻔했다. 나는 생각해 보겠다고 말하고는 가볍게 눈인사를 했다.

교실로 돌아가는데 저 아래 계단참에 윤도하와 다른 반 애 두 명이 서 있는 게 보였다. 벽에 붙은 포스터를 보며 뭐라고 떠들고 있었다. 나는 계단을 성큼성큼 내려가 그 애들을 지나치려고 했다. 그런데 윤도하가 내 이름을 불렀다.

"야, 홍지민!"

나는 고개를 돌려 윤도하를 봤다.

"너, 이 동아리 안 들래?"

목소리가 좀 상냥해서 나도 모르게 윤도하가 가리키는 벽보를 쳐다봤다. 자율 동아리 '멋진 도시 농부' 모집 포스터였다. 삼겹살을 굽는 사진이 눈에 띄었다. 와! 저 동아리 들면 학교 텃밭에 상추도 심고, 고추도 심고, 삼겹살도 구워 먹는구나. 확 끌렸다. 왜 저런 동아리가 있다는 걸 몰랐지? 윤도하만 아니면 당장 저 동아리에 들고 싶었다.

"생각해 보고."

"야, 그러지 말고 당장 가입해. 응? 네가 고기도 구워 주고, 상추쌈 싸서 내 입에 넣어 주면 와, 내가 엄청 행복할 거야. 그렇지? 우리 이 동아리 들자. 응?"

윤도하가 능글거리며 말했다. 저 자식이 지금 뭐라는 거야?

속이 부글부글 끓었다. 갑자기 게라심을 괴롭히던 늙은 지주가 떠올랐다. 그 지주보다 백 배는 사악하고 멍청한 윤도하 저 자식을 한 방 먹이고 싶었다. 그런데 날려 줄 말이 도무지 떠오르지 않았다. 내가 무슨 말을 하든 그 말이 또 먹잇감이 될 테니까. 나는 아무 대꾸도 안 하고 계단을 내려갔다. 등 뒤에서 윤도하가 소리 질렀다.

"잘 생각해 봐, 고기! 응? 고기 맛있잖아."

그러고는 자기들끼리 낄낄대며 웃었다. 사람이 일 초 만에 미칠 수도 있다. 마음 같아서는 입 닥치라고 소리치고 싶은데, 그걸 못 하니 정말이지 폭발할 것 같았다.

그때 저 앞에 예승이가 보였다. 어쩐 일인지 예승이 옆에는 아무도 없었다.

"예승아!"

내 목소리가 터무니없이 컸다. 게다가 시비조였다. 그럴 수밖에. 지금 내 안에는 다이너마이트가 들어 있다. 순간 내가 엉뚱한 애한테 화풀이하고 있다는 걸 깨달았다. 돌아보는 예승이에게 나는 억지로 웃음을 지어 보였다. 시비를 걸려고 부른 게 아니라는 듯이.

"왜?"

"너, 도시 농부 동아리 알아?"

미친 척하고 물었다. 이 말을 하려고 예승이를 부른 게 아니었는데. 윤도하보다는 예승이가 안전하다고 생각했나? 아니, 예승이가 아니라 누구라도 내 편을 들어 주면 좋겠다고 생각했던 것 같다. 내 편을 들어 줄 이유는 하나도 없지만. 그런데 예승이가 화들짝 놀라서 내 자리로 다가왔다. 화난 표정도 아니었다.

"왜? 도시 농부는 왜? 너 그 동아리 어떻게 알아?"

예승이가 눈을 반짝이며 물었다. 나는 조금 전에 윤도하와 있었던 일을 말했다.

"뭐? 걔 도시 농부 아니야. 영어 소설 읽기 동아리 떨어져서 피타고라스 들어갔어. 수학 동아리. 윤도하가 무슨 도시 농부? 괜히 너한테 장난친 거야. 근데 너 도시 농부 들 거야?"

역시 그런 거였다. 멍청한 윤도하 자식! 예승이도 윤도하를 별로 안 좋아하는 것 같아서 분이 조금 풀렸다.

"생각 안 해 봤는데, 왜?"

"내 짝남이 도시 농부 동아리거든. 나도 가입했어. 우리 학교 도시 농부가 좀 유명해. 구청에서 지원금도 나오나 봐. 그걸로 고기 구워 먹고 하는 거야. 암튼 너도 관심 있으면 들어와."

예승이가 활짝 웃으며 말했다. 예승이가 신나 보여서 덩달아 기분이 좋아졌다.

"정말? 생각해 볼게."

하지만 나는 이렇게 대꾸했다. 생각 없이 결정했다가 후회

한 게 한두 번이 아니기 때문이다.

댄스 동아리가 그랬다. 초등학교 때까지 나는 춤을 잘 추는 아이로 통했고, 학교 행사가 있을 때마다 무대에 올랐다. 중학교에 와서도 당연히 댄스부에 가입 신청서를 넣었다.

그런데 중학교 댄스부는 차원이 달랐다. 외모가 달랐고, 실력이 달랐다. 펄펄 날아다니는 애들이 너무 많았다. 댄스 학원에 다니는 선배도 몇 명 있었다. 내가 오디션에 통과한 게 기적일 정도였다.

이 정도인 줄 알았으면 애초에 동아리에 들지도 않았을 거다. 댄스부원들은 팔다리가 가늘고 길어야 춤 선이 예쁘다며 혹독하게 다이어트를 했다. 제대로 먹지도 않으면서 고난이도 동작을 척척 소화할 만큼 실력도 있었다. 거기서 나는 한 마리 미운 오리 새끼였다. 점점 댄스부에 흥미를 잃었다. 그러다 작년 공연 때 내 파트에서 큰 실수를 하고 말았다. 다들 괜찮다고, 그 정도 실수는 할 수 있다고 위로해 줬지만, 부장 선배가 나를 따로 불렀다.

"그러게, 내가 연습 좀 많이 하라고 했잖아. 네 파트 딱 십 초였어. 그걸 못 해내? 시민중 역사상 이런 삑사리는 처음이야. 너 때문에 공연 망쳤어."

부장 선배는 나를 죽일 듯이 쪼아 댔다. 춤에도 삑사리가 있나? 아무튼 역사에 길이 남을 민폐를 끼친 나는 결국 댄스부를 나왔다.

그 뒤로 몸에서 리듬감이 다 사라져 버렸다. 체육 시간에 치어리딩 동작을 이상하게 해서 윤도하가 욕할 지경에까지 이르렀다. 옛날엔 내가 정말 춤을 잘 췄던 걸까? 재롱 잔치 수준이었는데 다들 영혼 없이 칭찬해 준 거 아닌가? 요즘은 이런 생각마저 든다.

"예승아, 그럼 혹시 고전을 걷다 동아리 알아?"

내가 넌지시 물었다. 그러자 예승이는 고개를 갸웃거리며 되물었다.

"뭐? 고전?"

"응, 오래된 작품 읽는 동아리. 조현서 알지? 전교 부회장. 걔가 만든 자율 동아리인가 봐."

"뭐래? 더 들을 것도 없어. 망할 각이야. 그런 동아리 누가 들겠냐? 그냥 자사고 입시용인 거지. 현서 고입 원서 장식하려고 만든 동아리일걸."

"입시에 자율 동아리 안 들어간다던데?"

"그래도 자소서랑 면접에 도움 된다더라. 자기 히스토리? 뭐 그런 게 있어야 한다나. 그런데 그 동아리는 왜? 관심 있어?"

예승이가 호기심을 잔뜩 담은 눈으로 물었다.

"뭐, 약간."

'그냥'이 아니라 '약간'. 말을 내뱉고 나니 그 동아리에 진짜 관심이 생긴 것 같았다.

급기야 저녁에는 지원서를 냈다. 설마 떨어지지는 않겠지.

지원서를 내고 나니 뭔가 운명 같은 게 느껴졌다. 윤도하의 험담을 들었고, 늪에 빠진 것 같았고, 밍글에서 응원을 받아 도서관에 드나들게 되었고, 거기서 고전을 걷다 동아리를 알게 되었다. 읽은 거라고는 「무무」 한 편뿐이지만 마치 물고기가 바다를 찾은 느낌이었다. 면접 때 어떤 질문이 나올지 생각하다가 잠이 들었는데, 오랜만에 단잠을 잤다.

다음 날, 등굣길이 달라져 있었다. 이유는 모르겠다. 든든한 백그라운드가 생긴 기분이었다. 공기는 투명하게 맑았고, 거리에는 벚꽃과 개나리와 목련이 한꺼번에 피어 있었다. 너무 예뻐서 핸드폰을 꺼내 사진을 찍었다.

맞아, 봄이지. 겨울 노래만 부르고 다녔는데 봄이구나. 이제 계절에 맞게 좀 살자. 나는 카톡 프로필을 방금 찍은 꽃 사진으로 바꾼 뒤, '다시 봄'이라는 문구를 넣었다. 그러자 마음에 정말 봄이 온 것 같았다. 그때였다.

"어? 홍지민, 맞지? 너 2반 홍지민이지? 안녕! 반가워."

도서관에서 마주쳤던 눈썹이 짙은 아이였다. 깊은 눈빛에 맑은 미소를 띤 그 아이가 손을 내밀었다. 심장이 튀어나올 것만 같았다. 엉겁결에 나도 손을 내밀었다. 손이 맞닿자마자 온 몸의 세포가 한꺼번에 폭죽을 터뜨렸다. '넌 누구야?' '나를 어떻게 알아?' 같은, 마땅히 해야 할 말들이 하나도 떠오르지 않았다.

그 애 교복에는 안태오라는 이름표가 달려 있었다. 태오가 내 이름을 부르는 순간, 나는 백설 공주처럼 깨어났다. 태오는 내 안에 건강하고 튼튼한 새 심장을 심어 주었다.

허언증 개찐따가 아니라

사실 창체 동아리 '대중문화 비평반'도 그냥 들어간 게 아니었다. 전에 밍글에서 이런 글을 봤다.

아, 진짜 미세 먼지 같은 콘텐츠 존나 많은 듯. 사람들 말하는 거 보면 죄다 금수저 찬양이야. 뭔가 좋은 집안, 부자 부모 밑에서 태어나지 않은 사람은 평생 불행할 것처럼 말하는 거 같지 않냐? 왜 저럼? 서민은 그냥 루저 예약, 루저 당첨인 거야? 기분 더러워서 덕질도 맘대로 못 함. ㅋ

나도 격하게 공감한 터라 게시글에 하트를 누르고 댓글들을 하나하나 읽었다.

> ↳ 극공감. 나도 느낌. 방학 때 미국에서 한 달 살기 했네, 아빠가 외교관이어서 외국 생활을 몇 년 했네, 자랑 시전하는데 진짜 토 나옴.
> ↳ 래퍼 KUNI 람보르기니 깔별로 갖고 있다고 자랑하는 거 진짜 없어 보이지 않냐? 지가 벌어서 산 것도 아니잖아
>> ↳ 난 부럽던데 나도 금수저로 다시 태어나고 싶다 ㅋㅋㅋ
>> ↳ 여우와 신포도. 질투 쩐다. ㅋㅋㅋㅋㅋ
> ↳ 결과만 중요시하는 세상이야. 꼰대력 노인들이나 과정이 중요하다고 말하지, 요즘 사회는 안 그래. 타고난 거지는 평생 짜져 있으라는 분위기야.
> ↳ 노력해 봐야 안 되는 세상이라 그래. 실력이 아무리 뛰어나도 타고난 금줄 잡고 태어난 부자를 못 이겨.
> ↳ 평범한 사람들이 재미있게 사는 모습 좀 보여 주면 안 되나?
>> ↳ 그런 건 광고가 안 붙으니까ㅠㅋㅋㅋㅋ

대중문화 비평반에 들어가면 이런 걸 얘기할 줄 알았다. 저 글 때문이 아니더라도 나는 전부터 사회가 뭔가 잘못되었다고 느낄 때가 많았다. 그게 꼭 내가 삐딱해서는 아닌 것 같다.

백만 안티가 생길까 봐 누구에게도 말한 적은 없지만, 솔직

히 나는 내가 마음에 든다. 나를 꼬박꼬박 공주님이라고 불러 준 할머니를 생각하면 이 생각을 버릴 수가 없다. 아직도 내게는 관종이 같은 기질이 남아 있나 보다.

그런데 스스로가 마음에 든다는 생각을 입 밖에 내면 당장 나를 비하하는 말들이 쏟아진다. 특히 외모.

"네가 예쁘다고? 키 작고 개뚱뚱에 코도 납작하고 쌍꺼풀도 없는데?"

안다, 알아! 내가 몰라서 내 외모에 만족하는 게 아니다. 하지만 사람들이 예쁘다고 말하는 아이돌처럼 늘씬한 몸매에 조막만 한 얼굴, 또렷한 이목구비를 가지고 태어나지도 않았으면 평생 찌그러져 살아야 하나? 그렇다고 의느님의 손길로 다시 태어난 미인은 또 성괴라고 욕할 거잖아!

……라고 세상에 대고 소리치고 싶다. 물론 이렇게 말하면 못생긴 애가 성격도 빻았다고 하겠지. 뇌가 질투에 절어 있으니 정신 병원에 가 보라고 충고하겠지. 엄마도 내 말은 귓등으로도 안 듣는지 걸핏하면 고등학교 졸업하자마자 쌍꺼풀 수술을 시켜 주겠다는 말을 한다.

하지만 나는 내 외모가 좋다. 외꺼풀인 내 눈이 마음에 든다. 아는 사람은 알겠지. 외꺼풀에 눈 화장 잘하면 완전 분위기 미인이 된다는 걸. 나는 나랑 상관도 없고 평생 만날 일도 없는, 방송에 나오는 예쁜 여자들이 부럽지 않다. 그들처럼 되고 싶지도 않다. 이런 생각을 하면 비정상인가?

　세상의 기준에 따라 내가 별 볼 일 없는 인간이 된다는 건 정말 끔찍하다. 배울 게 많고 닮고 싶은 사람은 진심으로 존경하고 추앙하겠지만, 외모든 집안이든 태어나면서부터 갖고 있었을 뿐 스스로 한 건 아무것도 없는 사람들을 왜 떠받들어야 하지? 그들이 내게 뭘 해 준 것도 아닌데, 내가 왜 그래야 하지?

　이런 토론을 하고 싶어서 가입했는데, 대중문화 비평반에 들어간 첫날부터 기대를 접었다. 토론이 아니라 감상을 말하는 것에 가까웠고, 그것도 영화나 케이팝만 다뤘다. 당연한 말이지만 거의 겉핥기였다. 어딘가에 올라온 내용을 그대로 긁어 와서 발표하고 어디선가 들은 이야기로 의견을 말하니 그냥 다 지루했다.

　말할 때 '클리셰'라는 단어를 자주 쓰는 동아리 부장은 좀 다를 줄 알았다. 멋있어 보여서 그 단어를 찾아보기까지 했다. 그런데 지난 창체 시간에 부장이 황금종려상 받은 영화를 '클리셰 범벅'이라고 계속 떠들어 대는 걸 보고 알았다. 부장은 '클리셰'라는 단어가 너무 좋아서 뜻과는 상관없이 아무 데나 막 쓴다는 걸. 동아리 활동에 열정이 있는 애들은 허세가 좀 있었고, 나머지 애들은 대충 시간을 때우려고 앉아 있었다. 뭐, 나라고 별로 다를 것도 없었지만.

　이러니 사는 게 재미없어진 거다. 나는 파티에 초대장을 받지 못한 불청객이니까.

사실 초등학교 때는 이렇지 않았다. 당당했다. 누가 뭐라든, 할머니 손에 자란 나는 다른 애들에게는 없는 야생성과 긍정적인 면이 있었다.

'딱 봐도 촌닭인데, 왜 저렇게 당당하지?'

이런 의문을 품은 아이들이 날 기죽이려는 듯 온갖 비난을 쏟아 냈지만, 나는 꿈쩍도 안 했다. 내가 주눅 들기 전에 나를 공격하던 애들이 먼저 나가떨어졌다.

그런데 초등학교 5학년 때 우리 집이 폭삭 망했다. 부모님은 사기를 당했다. 내가 중학교에 입학하기 전에 학군지 새 아파트로 이사 갈 꿈을 품고 있던 부모님은 모아 두었던 중도금을 다 날렸다. 은행에 갚아야 할 빚도 생겼다.

"아무리 생각해도 처음부터 작정하고 접근한 거 같아."

"그런 거 같지? 고등학교 다닐 때는 그런 선배가 있는 줄도 몰랐어. 왜 그렇게 동창회에 열심인가 싶었는데, 지금 보니 사기 치러 온 거였네."

"그런데 뭘 믿고 사기꾼한테 그 많은 돈을 맡겼어?"

"내가 그 인간이 사기꾼인 줄 알고 속았겠어? 주식 전문가라고 연예인 유튜브에도 나오고 강남 비싼 아파트에 사는데 안 믿을 수가 있었겠어? 당신도 처음에는 수익 좀 냈다고 좋아했잖아."

엄마 아빠는 이런 대화를 나누며 한숨도 쉬었다가, 위로도 했다가, 같이 우는가 하면, 서로 싸울 때도 많았다. 둘이 싸우기 시작하면 젓가락이며 갑 티슈가 날아다녔다. 막장 드라마가 따로 없었다. 나는 내 방에서 이불을 뒤집어쓰고 울었다. 이웃 중 누군가가 신고해서 경찰이 출동한 날도 있었다.

어찌어찌하여 엄마 아빠는 정신을 차렸다. 다른 피해자들에 비하면 피해 액수가 적었고, 이곳저곳 상담을 다녀오고 하더니 멘탈도 붙잡았다.

"우리가 잃은 건 돈밖에 없어. 만일 집에 불이 났거나 우리 중 누구 하나가 크게 다치거나 아팠다면 어차피 이 돈 다 잃었을 거야. 액땜했다고 치자고. 소중한 건 다 지켜 냈잖아. 우리 지민이 잘 자라 주고 있고, 당신과 나는 아직 젊어. 다시 일어나면 돼."

엄마 아빠는 서로를 다독이며 차츰차츰 일상을 되찾았다. 트럭 기사인 아빠와 택배업체 직원인 엄마가 성실하게 일한 덕분에 내가 중학교 입학하기 전에 빚은 다 갚았다고 했다.

문제는 나였다. 사기꾼은 우리 집 재산만 갈취한 게 아니었다. 내 꿈, 내 미래까지 훔쳐 갔다.

은행 빚 때문에 우리 가족은 살던 아파트에서 나와 금방이라도 귀신이 튀어나올 것 같은 낡고 허름한 주택으로 이사했다. 예전에 살았던 아파트가 있는 동네라 더 싫었다. 아는 사람이라도 마주칠까 봐 늘 불안했다. 수돗물이 갑자기 안 나올 때도 있었고, 겨울에는 걸핏하면 보일러가 터졌다. 이사한 집에 좀처럼 적응할 수가 없었다. 나는 완전히 주눅 들었다.

남은 희망이 있기나 할까? 누군가를 서슴없이 신뢰할 수 있었던 나의 세상은 완전히 무너졌다. 나는 도무지 사람을, 세상을 믿을 수 없게 되었다.

사람을 함부로 믿으면 안 된다는 생각이 꽉 차 있었으니, 친구들이 하는 말을 믿을 수 없었다. 의심하고 또 의심했다. 누군가 핸드폰을 통해 내 정보를 다 빼 갈지도 모른다는 피해망상에 사로잡혀 혼자 있는 방 안에서도 비밀번호를 입력할 때마다 불안했다. 매사에 날이 서 있으니 속이 편할 리가 없었다. 짜증이 늘었다. MBTI도 E에서 I로 바뀌었다. 뇌 속 어딘가가 망가진 것 같았다.

"지민이 너 신발 한 켤레밖에 없어? 맨날 똑같은 것만 신고 다니네."

작년에 같은 반 여자애가 이렇게 물은 적이 있다. 척 들어도 안다. 이건 질문을 가장해 거지 같다고 비웃는 거였다. 이 대목에서 내가 문제의 발언을 하고 말았다.

"응. 난 같은 신발만 신고 다닐 거야. 재벌가 먼 친척 할아버지가 돈 많은 티 내지 말라고 하셨거든. 사기꾼들만 꼬인다고."

내가 천연덕스럽게 대꾸하자 날 비웃던 아이가 놀란 눈으로 나를 쳐다보았다. 그 애 눈빛이 이런 말을 하고 있었다.

'홍지민 너희 집이 부자라고? 도대체 말이 되는 소리야?'

다음 쉬는 시간에 그 여자애가 다른 애들을 데리고 내 자리로 몰려왔다. 그리고 취조라도 하듯 질문을 쏟아 냈다.

"너네 집 부자라며? 진짜야?"

"재벌가 친척 할아버지 있다는 거 사실이야? 어떤 재벌? 말해 봐."

"솔직히 말해. 거짓말이지? 너, 허언증이지?"

이쯤 되자 등에 식은땀이 났다.

"내가 한 말은 그게 아니고, 뭐냐 하면, 아까 네가 잘못 들은 거야. 주어가 내가 아니었어. 웹툰에 나온 대사야. 재벌가 먼 친척 할아버지가 있는데, 그 할아버지가 돈 많은 티 내 봤자 사기꾼만 꼬인다는 명대사를 남기셨거든. 그러니까 나의 먼 친척 할아버지가 아니고, 웹툰 주인공의 먼 친척 할아버지."

뭔 개소리인지. 내가 들어도 황당했다. 그 자리에 윤도하랑 친한 애도 있었다. 어버버 둘러댄 변명에 아이들이 다시 물었다. "웹툰 제목이 뭔데?" 이 심문에 내가 뭐라고 대답했을까? "몰라, 기억 안 나."라고 했다. 그런 웹툰이 있는지 나도 모르니까.

사건은 이렇게 대강 마무리되었지만, 나는 허언증이라는 불명예를 얻었다. 약간의 교훈도.

'그냥 솔직하게 말할걸. 옛말에 틀린 게 하나 없어. 역시 정직이 최고였어.'

그래서 정직해지려다가 또 사고를 치고 말았다. 같은 반 남자애가 모자만 쓰면 머리가 아프다고 하기에 내가 이렇게 말했었다.

"너 머리가 커서 그런 거 아니야?"

내 정확한 진단에 그 애는 벌컥 화를 냈다. 종일 나를 잡아 죽일 듯이 노려보더니, 그날 밤에는 나한테서 반드시 사과를 받아야겠다며 따로 만나자는 디엠까지 보냈다.

나중에 기회가 닿으면 이 일에 관해서는 꼭 해명하고 싶다. 나는 '머리'라고 했지, 절대 '대가리'라고는 하지 않았다. 그 애가 너무 화가 나 있어서 변명할 기회가 없었다. 어쨌든 머리가 크다는 말이 그렇게 심한 욕인 줄 몰랐다. 아직도 그게 욕인 줄 모르겠다.

사실 내가 당당했으면 재벌가 먼 친척 어쩌고 하는 말은 하지도 않았을 거다. '신발이 하나밖에 없는 게 뭐가 문제지?'라고 대꾸했겠지. 그렇지만 자아가 위축되었던 나는 다 들킬 헛소리를 지껄였고, 결국 개찐따 허언증이라는 평판을 얻었다. 산전수전 다 겪으면서 나는 순식간에 어른이 되었다. 몸은 10대인데, 마음은 노인처럼 늙어 버렸다.

그래도 세상에 지기는 싫었다. 나에게 사랑을 가르쳐 준 할머니를 생각해서라도 힘을 내야 했으니까. 내 인생의 주인 자리를 포기할 수는 없었다. 절망으로 바닥을 칠 때면 노래를 들었다. 인트로에 RM의 랩이 들리기 시작하면 저절로 눈물이 났다. 어떤 날은 집에서 춤을 추며 노래를 불렀다. 불쑥 코인 노래방에 들어간 적도 있었다. 음악은 나에게 친구였고, 할머니 대신이었고, 한 치 앞도 보이지 않는 밤바다에 우뚝 솟은 등대였다. 그 덕분에 나는 무릎 꿇은 적 없이 아직 잘 버티고 있다. 하하하.

영원, 할머니

도서관 앞에서 태오가 손을 들었다. 수업 끝나고 보자고 하기에 둘이 만나는 줄 알았는데, 현서도 옆에 있었다.

"지민이 반가워. 나는 네가 우리 동아리 들어올 줄 알았어."

현서가 활짝 웃으며 옆자리를 내주었다. 앞으로 한 달에 한두 번 모일 예정이고, 읽을 책은 단톡방에 공지하겠다고도 했다.

"부원은 우리 셋이 전부야?"

"아니. 1학년 한 명 더 있고, 두 명이 더 지원했어. 그 두 명은 면접 보고 뽑을지 말지 결정할 거야."

어? 다른 부원은 면접을 보네? 나는 그냥 뽑혔는데. 히히.

"지민이 너는 그냥 지원서를 보자마자 뽑기로 했어. 우리 동아리에 딱 어울리는 것 같아서."

내 마음을 읽었는지 태오가 이렇게 말했다. 눈이 마주치자 심장이 콩닥콩닥 뛰었다. 저 아이의 미소 때문이다. 태오는 속마음이 다 보일 정도로 투명하게 웃는다. 하지만 나한테만 그렇게 웃는 건 아니다. 착각하지 말자.

"그냥 쓴 건데……."

쑥스러워서 말꼬리가 흐려졌다. 웃음도 전염이 되는지 자꾸만 웃음이 새어 나왔다.

지원서는 자유롭게 써도 된다고 해서 내 맘대로 썼다. 사실 간절하게 붙고 싶은 것도 아니었다. 붙으면 좋고 아님 말고, 이런 마음이어서 편하게 Q&A 형식으로 작성했다. 학년, 반, 이름, 눈 뜨자마자 하는 행동, MBTI, 좋아하는 가수, 좋아하는 단어, 좋아하는 계절, 가장 많이 사용하는 이모티콘, 제일 좋아하는 작품, 동아리에 지원한 이유 등.

"어떤 점이 어울렸다는 거야?"

이 아이들이 편하게 대해 줘서 솔직하게 물어볼 수 있었다.

"처음 봤을 때부터. 너, 나한테 투르게네프 물어봤잖아. 투르게네프를 아는 사람이면 당연히 우리 동아리에 어울리지."

현서가 나와 태오를 번갈아 보며 말했다. 태오는 현서 말에 동의하듯 고개를 끄덕이더니 말했다.

"난 네가 좋아하는 단어 쓴 것 보고 깜짝 놀랐어. 영원이랑 할머니. 둘 다 내가 좋아하는 단어인데, 어떻게 이걸 콕 집어서 쓴 거지?"

저 애 목소리는 왜 저럴까? 태오가 말을 할 때마다 공중에 비눗방울이 떠다니는 것 같았다. 내 심장도 팝콘이 터지듯 쉴 새 없이 톡톡 튀었다.

"어? 정말?"

"그럼. 내가 우리 할머니 얼마나 좋아하는지 너도 알지?"

태오가 현서를 쳐다보며 말하자 현서가 고개를 끄덕였다. 태오가 말을 이었다.

"그런데 할머니는 이제 나이 드셨으니까 언젠가 돌아가실 거 아냐. 난 그렇게 사라지는 모든 게 슬퍼. 사람들이 변해 가는 모습을 보는 것도 좀 아프고. 그냥 내가 좋아하는 것들이 영원히 그 자리에 있으면 좋겠어."

태오가 나를 쳐다보며 말했다. 나는 그저 그 아이의 눈을 응시했다.

"그래서 현서가 고전 동아리 제안했을 때 이거다 싶었어. 소중한 것들이 사라지지 않고 곁에 좀 남았으면 해서. 그들의 육신은 사라지고 없지만, 그들의 생각과 정신이 책으로 남아 우리가 나눌 수 있잖아. 뭐, 이런 거 때문에 고전을 읽어 보고 싶었던 것 같아."

태오의 묵직한 말이 내 마음 깊은 곳까지 다가와 파장을 일

으켰다. 나도 뭐라고 대꾸하고 싶었지만 얕은 바닥이 드러날까 봐 고개만 끄덕였다.

태오가 육신은 사라지고 없다고 말할 때, 빙하가 녹아 드러난 병사들의 시신이 다시금 떠올랐다. 그 얘기를 할까 생각했다가 아무 의미 없는 것 같아서 말았다. 인간의 몸은 필연적으로 사라질 거고 영원한 건 오직 정신이라고, 그 정신이 살아서 역사를 이어 가는 거라는 깨달음이 문득 머릿속을 스쳤다.

예비 종이 울려서 우리는 함께 계단을 내려왔다. 2학년 교실 복도에서 헤어져 각자의 교실로 갔다. 교실 뒷문으로 들어가는데, 창가에 앉아 있던 예승이랑 눈이 마주쳤다. 표정이 묘했다.

내가 도시 농부에 들어가지 않아서 서운한 건가? 그럴 수도 있겠다는 생각이 들어서 나는 양손을 들어 예승이에게 인사를 했다. 그런 내 모습을 보고도 예승이는 고개를 돌려 무시했다.

사실 도시 농부 동아리에 들어가지 않을 이유가 없었다.

'도시 농부 vs 고전을 걷다 자율 동아리 어디가 좋아?'

밍글에 이런 질문을 올리면 결과는 안 봐도 뻔하다. 도시 농부 98표, 고전을 걷다 2표 정도 나오겠지. 시민중 누구한테 물어도 결과는 같을 것이다. 사람 생각은 다 비슷하니까.

개인적으로도 도시 농부에 들어가야 할 이유가 훨씬 많았다. 일단 도시 농부는 활동이 재미있다. 어린 시절을 시골에서 보낸 나는 씨를 뿌리고 수확하는 기쁨이 얼마나 큰지 잘 안다. 게다가 도시 농부에 들어가면 자연스럽게 예승이랑 친해질 테고, 그럼 학교생활이 편해질 거다. 더 이상 혼자 급식 먹을 일도 없을 거고, 개찐따니 허언증이라는 소리를 듣지 않을 수도 있다. 이 많은 이유에도 불구하고, 나는 이끌리듯 고전을 걷다에 들어왔다.

정확한 이유는 나도 잘 모르겠다. 그냥 내가 소문과는 다른 아이라는 걸 증명하고 싶었을 수도 있다. 나는 사람들이 정해 놓은 기준에서 보면 형편없는 사람일지 모르지만, 그래도 그 기준이 절대적인 것이 아닐 수도 있다. 이 동네에서는 환영받는 사람이 다른 동네에 가면 아웃사이더가 될 수도 있으니까. 세상 어딘가에는, 누구 한 사람쯤은, 할머니가 그랬던 것처럼 내게 예쁘다고 말해 줄 사람이 있지 않을까? 고전을 걷다가 내게 잘 맞을지 어떨지는 두고 봐야 알겠지만, 어쨌든.

방과 후에는 비가 개서 하늘이 맑았다. 운동장 곳곳에 물웅덩이가 고여 있었다. 모레, 토요일에 고전을 걷다 첫 모임이 있다. 약속이 생기니 혼자 운동장을 가로지를 때도 외롭지 않았다.

교문 앞은 아이들로 북적였다. 내 앞에서 남자애 네 명이 길을 다 차지한 채 천천히 걸어가고 있었다. 답답했다. 길 좀 터

주면 안 되겠니? 이렇게 좁은 길에서 두 명씩 걸으면 안 되는 거야? 이 생각을 하자마자 갑자기 넷 중 둘이 뒤로 빠졌다. 희한한 일이다. 혹시 나도 모르게 내 생각을 입 밖으로 낸 건 아니겠지.

나는 그 아이들을 빠르게 지나쳤다. 그러다 학원 홍보 현수막 옆을 걷고 있는 이루리를 봤다. 루리는 예승이랑 같이 다니는 여자애들 중 한 명이다. 그런데 지금은 혼자다. 왜 혼자 가지? 의아하게 쳐다보니 걸음걸이가 조금 이상했다. 루리는 절뚝거리면서 걷고 있었다. 금방이라도 넘어질 듯 위태로운 걸음걸이였다. 불안한 마음으로 보고 있는데, 옆에서 장난을 치던 남자애들이 루리를 밀치고 지나갔다. 루리의 몸이 앞뒤로 휘청거렸다.

"괜찮아?"

루리에게 다가가 물었다. 루리는 나를 슬쩍 보더니 고개를 끄덕였다.

"괜찮아."

"어쩌다 다친 거야?"

"자전거 타다가 언덕길에서 박았어."

"저기, 그거 들어 줄까?"

나는 루리가 들고 있는 우산을 가리켰다. 걷는 것도 불편한데 우산까지 들고 있으면 힘들 것 같았다.

"됐어."

"괜찮겠어?"

"응. 지팡이처럼 써도 되고 좋아."

루리는 정면을 쳐다보며 이렇게 대답했다. 루리의 시선을 따라 저 앞을 보니 예승이 무리 여섯 명이 걸어가고 있었다. 루리는 다쳐서 빨리 걷지 못하니 뒤처진 것 같았다. 너무하지 않나? 어떻게 자기들끼리만 갈 수가 있지?

그때 예승이 무리 중 한 명이 이쪽으로 뛰어왔다. 루리는 그 애를 보고 반갑게 웃었다.

"우리 코노 가기로 했어. 그쪽으로 와."

그런데 그 애는 루리 대답은 듣지도 않고 예승이 쪽으로 쪼르르 가 버렸다. 루리는 곤혹스러운 표정이었다. 코인 노래방은 2층에 있다. 쟤네는 루리가 다친 게 안 보이나?

정작 루리는 애들을 따라갈 생각인지 금세 다른 방향으로 사라져 버렸다. 노래방 방향이었다. 에휴, 거길 왜 가냐고 하고 싶은데 내가 그런 말을 해 봤자 씨알도 안 먹히겠지.

토요일 아침, 버스에서 내리니 아홉 시 사십 분이었다. 길 건너에 있는 스터디 카페에서 열 시에 만나기로 했다. 아직 이십 분 남았는데 공원에서 빈둥거리다 들어갈까? 거리에는 봄 햇살이 가득했다. 그때였다.

"지민아!"

뒤를 돌아보니 태오였다. 방금 도착한 마을버스에서 내린 모양이었다.

"어?"

나는 손을 들어 인사했다.

"일찍 왔네."

이렇게 말하자 태오가 활짝 웃으며 내 팔을 툭 쳤다. 생각해 보니 허언증이라는 소문을 얻은 뒤로 누구한테 이렇게 편하게 말을 거는 게 처음이었다. 내가 또 말을 잘못해서 오해를 사면 어떡하지, 기분 나빠하면 어떡하지 같은 걱정도 들지 않았다. 신기했다. 옆에 있는 사람이 태오이기 때문인 걸까, 아니면 내가 좀 변한 걸까? 초록불로 바뀌어 우리는 함께 횡단보도를 건넜다. 스터디 카페 세미나실을 열 시부터 예약해 놓긴 했지만, 조금 일찍 가도 된다고 했다.

"현서가 동아리 지원 사업에 우리 동아리 냈는데 떨어졌어. 붙었으면 모임 장소는 걱정할 필요 없었을 텐데."

엘리베이터 버튼을 누르며 태오가 말했다.

"그랬구나. 거기 붙었으면 우리 회비 안 내도 되는 거였네."

"그렇겠지. 도서 구입비도 나온대. 좋은 기회였는데……. 우리가 부원도 적고, 계획서도 부실해서 떨어진 것 같아."

"그래도 이런 데서 모이면 재미있잖아. 지원 사업은 내년에 또 신청하면 되지, 뭐."

"그래, 그럼 되겠네."

내 말에 태오가 환하게 웃었다. 나도 웃었다. 태오가 웃을 때마다 마음속에 뭉게뭉게 봄이 피어올랐다. 이 아이가 저렇게 웃을 일만 있으면 좋겠다는 생각이 들었다. 나한테 관심이 있을 확률은 별로 없겠지만, 좋은 애인 것 같으니까. 분명히 얘도 나에 관한 소문을 들었을 텐데 아무것도 묻지 않고 티도 내지 않고 다정하게 대해 주는 게 고마웠다.

그때 뜬금없이 어떤 단어 하나가 불쑥 튀어나왔다.

"너, 풀피리 알아?"

나는 왜 이런 질문을 하고 있는 걸까. 모르겠다. 평생 한 번도 사용한 적 없는 단어들이 한꺼번에 내 안으로 쏟아져 들어온 것 같았다. 단어가 많아지니 갑자기 마술을 부린 것처럼 세상이 풍성해 보였다.

"알아, 풀피리. 나도 불어 본 적 있어."

"작년에 우리 반 어떤 애가 버클리 음대 갈 거라고 했다? 진짜, 지인짜 버클리 음대 갈 거라고 노래를 불렀어. 그래서 애들이 어떻게 갈 건데? 무슨 전공으로? 물었더니 걔가 뭐라고 한 줄 알아?"

"글쎄, 작곡? 보컬?"

태오가 말했다. 나는 태오 눈을 마주 보며 일 초쯤 뜸을 들인 뒤 이렇게 말했다.

"풀피리 전형으로 갈 거래."

내 말에 태오가 웃음을 터뜨렸다. 어쩌면 이 아이를 웃게 하려고 세상의 단어들이 내 안으로 들어온 건지도 모르겠다. 이 단어들이 나를 또 어디로, 누구에게로 데려갈지 궁금해졌다.

그때 익숙한 가사가 들렸다. Text me Merry Christmas, Let me know you care……. 뭐지?

"어디야?"

태오가 핸드폰에 대고 말했다. 태오의 벨소리, 그건 내가 가장 좋아하는 노래 〈Text me Merry Christmas〉였다.

그 순간부터였을 것이다. 심장이 몸 밖으로 튀어나와 멋대로 돌아다녔다. 십 분 전까지의 나, 홍지민은 사라졌다. 나를 멋대로 재단하던 친구들아! 어제까지의 홍지민은 잊어 줘. 나는 완전히 딴사람이 됐거든.

만남과 이별

루리가 책상에 엎드려 있었다. 급식을 안 먹은 게 분명했다. 언제부터인지 모르겠지만 루리는 예승이 무리에서 나온 것 같았다. 어쩌면 제 발로 나온 게 아닐 수도. 이제 루리와 예승이는 마주쳐도 서로 못 본 척한다. 지난주에는 루리가 예승이를 째려보는 걸 봤다. 그런데 예승이는 못 본 건지 아니면 못 본 척한 건지 루리의 시선을 외면했다.

루리는 언제까지 버틸 수 있을까? 밥을 굶는 건 사람이 할 짓이 못 된다.

다음 날, 점심시간 종이 울리자 루리가 또 책상에 엎드렸다. 나는 저게 어떤 일인지 안다. 마음 같아서는 내 혼급식 글에 달렸던 댓글들을 루리에게 하나하나 보여 주고 싶었다. 말을 걸면 기분 나빠할까? 한참을 쭈뼛대다가 용기를 내 루리에게 다가갔다.

"루리야! 부탁이 있는데."

내 말에 루리가 고개를 들었다.

"뭔데?"

힘없는 목소리.

"나랑 급식실 좀 같이 가 줄 수 있어? 혼자 가니까 내가 만만한지 새치기하는 애들이 좀 있어서."

내 말에 루리는 고개를 갸웃하더니 말없이 자리에서 일어났다. 우리는 교실에서 마지막으로 나왔다. 애들은 이미 급식실로 달려간 건지, 교실마다 텅텅 비어 있어서 복도가 조용했다. 웬지 뻘쭘해서 나는 급식 얘기를 꺼냈다.

"오늘 삼겹살 캠핑 구이다? 처음 보는 메뉴 아니야? 어떨지 기대돼. 소시지도 나오겠지? 버섯이랑 파프리카 뭐 그런 건 조금만 먹고 고기랑 소시지만 잔뜩 먹어야지. 후식은 뭔지 알아? 생크림 오믈렛이거든? 오늘 급식 완전 대박이지. 엄마가 그러는데, 우리 학교 급식 좋다고 소문났다더라? 난 다른 학교 급식도 다 이런 줄 알았어."

이런 식으로 급식실 가는 내내 나 혼자 떠들었다. 루리는 별 대꾸가 없었다.

우리가 늦긴 했는지 벌써 다 먹고 나오는 애들도 있었다. 루리와 나는 식판을 들고 배식을 기다렸다. 예승이 무리는 저쪽에서 밥을 먹고 있었다.

예승이를 등지고 앉은 루리는 처음에는 젓가락으로 밥알을 세듯 깨작깨작거리더니, 삼겹살을 한 입 먹고 나서는 숟가락으로 밥을 팍팍 떠먹었다. 식판을 다 비운 뒤에도 아쉬워하는 눈치길래 내 식판에 있던 고기를 덜어 주었더니 냉큼 받아먹었다. 루리가 잘 먹어서 다행이다. 덕분에 나도 좋았다. 혼자 밥 먹는 게 익숙해지긴 했지만, 세상 누가 혼급식을 좋아할까? 어쩔 수 없으니 혼자 먹는 거지. 루리가 괜찮다면, 앞으로 루리랑 점심을 먹으면 좋겠다는 생각이 들었다.

"어디 갈 거야?"

밥을 다 먹은 뒤 루리가 물었다. 목소리가 한결 밝았다. 도서관에 갈지 운동장에 갈지 고민 중이라고 했더니 루리가 밖으로 나가자고 했다.

5월 햇살이 가득한 운동장은 축구하는 아이들로 북적였다. 루리와 나는 학교 건물을 한 바퀴 돌아 덩굴장미가 피어 있는 후문 쪽으로 걸었다.

"장미 예쁘다. 그런데 작년에는 하복 입었을 때 핀 거 같은데, 올해는 좀 일찍 핀 거 같지 않아?"

루리가 말했다.

"그런 거 같기도 하다. 올해는 꽃들이 다 일찍 피었대. 기후 위기 때문에."

점심을 먹은 후로는 루리도 말을 많이 했다. 우리가 이런저런 이야기를 주고받고 있을 때, 누가 내 등을 톡톡 두드렸다.

"지민아! 점심 먹었어?"

활달한 목소리. 현서다. 현서는 자기 반 친구들과 어디 가는 중인 모양이었다.

"먹었어. 너는?"

"지금 먹고 나오는 중. 참, 이거."

현서가 주머니에서 초콜릿 두 개를 꺼내 내밀었다. 고맙다고 했더니 현서는 눈인사를 찡긋하고는 친구들과 함께 멀어졌다.

"너, 조현서랑 어떻게 알아?"

초콜릿을 까먹으며 루리가 물었다. 전교 부회장이 나한테 아는 척을 하니 좀 놀란 눈치였다.

"같은 동아리라서."

"아, 고전 뭐 그거?"

"응. 근데 내가 고전 동아리인 거 어떻게 알았어?"

"너 조현서랑 친해?"

루리는 내가 묻는 말에는 대답도 없이 엉뚱한 질문을 했다.

"아니. 친한 건 아니고, 그냥 같은 동아리니까."

내 말에 루리는 아무 대꾸가 없었다. 루리가 나한테 관심이 있었나? 동아리 모임을 학교에서 한 적도 없는데, 고전 동아리인 걸 어떻게 알았지? 내가 태오랑 현서랑 인사하는 걸 봤나? 그렇다고는 해도 동아리 이름을 써 붙이고 다니는 것도 아닌데. 물어보고 싶었지만, 루리는 나한테 눈길도 안 주고 장미 향만 맡고 있었다. 나도 옆에서 꽃에 코를 갖다 댔다. 달콤한 향기가 기분 좋게 스며들었다.

"나, 차였다?"

루리가 말했다. 뜬금없이 이 말은 뭐지? 꼭 장미꽃에다 한 말 같았다. 차였다고? 뭐에 차여?

"남친 있었어?"

내가 물었다. 문득 전에 루리가 어떤 남자애랑 컵밥집에 다정하게 앉아 있던 모습을 본 기억이 떠올랐다.

"응. 완전 미친 넘 있었어."

루리가 덤덤하게 말했다. 느닷없이 이런 얘기를 하니 어떻게 대꾸해야 하는지 갈피를 잡을 수 없었다. 네 남친 혹시 걔였어? 다 끝난 마당에 이런 질문을 할 수도 없었다.

"괜찮아?"

고심 끝에 내가 물었다. 사실 남친한테 차여서 급식실에 안 갔던 거야? 혹시 마주칠지 몰라서? 이 말도 꿀꺽 삼켰다.

"뭐, 그럭저럭."

루리는 고개를 살짝 끄덕이며 이렇게 대꾸했다. 그러더니 갑자기 고개를 돌려 나를 쳐다보았다.

"너, 거기 있잖아. 고전 동아리 들었을 때 예승이가 너 엄청 욕했다?"

"예승이? 왜? 뭐라고 했는데?"

"수준도 안 되면서 고전 뭐 그런 데 들어갔다고. 그런 동아리 들어가면 레벨이 달라질 줄 아냐고. 예승이가 레벨, 레벨 하길래 뭔 소리인가 했더니, 지금 생각하니까 조현서를 말한 거였네. 네가 전교 부회장이랑 어울릴 레벨이 아니라는 거지."

예승이가 내 험담을 엄청나게 한 모양이다. 그것 때문에 루리가 내 동아리를 아는 거였구나.

"수준 안 되는 건 인정. 난 책 진짜 안 좋아했고 안 읽었거든. 모임 딱 한 번 했는데, 애들 다 너무 똑똑해서 나는 이제까지 뭐 하고 살았나 싶더라."

내 말에 루리는 좀 놀란 눈치였다.

"그러면서 뭐라 그랬는지 알아? 홍지민 허언증 없어진 줄 알았대. 근데 주제 파악 못 하는 거 보니까 그냥 본투비 개찐따인 거 같다고 했어."

갑자기 열이 확 끓어올랐다. 신발이 한 켤레밖에 없느냐는 조롱에 자존심 상해 내뱉은 허언이 지금까지도 내 발목을 잡고 있다니! 방송실에 가서 반성과 해명의 말이라도 해야 되나? 작년에 있었던 일을 두고두고 소환해서 기어이 허언증이라는 라벨을 붙이면 속이 시원한가? 말을 붙였을 때 대꾸도 잘해 주고, 도시 농부 동아리에도 가입하라고 했던 예승이가 나에 대해 이렇게 생각하는 줄은 정말 몰랐다.

"기분 안 나빠?"

"좋을 리 있겠어? 본투비 개찐따라고 말해 줘서 고마워, 뭐 이렇게 말할 만큼 내가 성인군자는 아니거든."

아차, 기분이 나빠서 너무 세게 말해 버렸나 싶었는데 루리의 표정이 밝아졌다.

"신경 쓰지 마. 쓰레기 같은 말은 그냥 무시해. 예승이는 외모만 보면 귀여운데, 아! 아니다. 저얼대 아니야."

루리가 말실수했다는 듯 손으로 제 입을 때리더니 말을 이었다.

"예승이가 귀엽긴 뭐가 귀여워? 하도 끼 부리고 다녀서 나도 예승이가 귀여운 줄 알았네. 예승이 있잖아, 개 인성 완전 빻았다? 쌍욕을 안 하니까 괜찮은 애처럼 보이지? 아니야. 개 입만 열면 쓰레기야. 예승이 말 계속 듣다 보면 시궁창 냄새 나는 것 같아. 예승이는 그냥 존재 자체가 쓰레기야."

루리가 내 눈을 똑바로 쳐다보며 말했다. 말투에도, 표정에도 분노가 가득했다.

그러니까 3월 말의 나였다면 적어도 1박 2일 동안 이런 생각만 했을 거다.

예승아, 묻고 싶은 게 있어. 내가 고전을 걷다 동아리에 들어갈 레벨이 안 된다고 생각해? 왜? 거기 들어갈 정도의 레벨은 어느 정도고, 내 레벨은 어느 정도인데? 내가 본투비 개찐따라고 말했다며? 설마 작년 일 갖고 그렇게 말한 거야? 진짜 궁금한데, 내가 고전 동아리에 들어가서 너한테 피해 준 거 있어? 왜 내 험담을 하고 다니는 거야?

물론 엄청나게 열받은 상태에서는 이런 말이 안 나온다. 기분 나쁘다고 바로 말이나 행동으로 옮기면 입에서는 쌍욕밖에 안 나오고 폭력만 오갈 뿐이다. 나처럼 평범한 사람은 감정을 다스리고 말을 논리 정연하게 정리하기까지 며칠이 걸린다는 말이다. 그렇게 애써 감정을 털고 정제된 언어로 예승이한테 따져 봤자 예승이는 심드렁하게 대꾸하겠지.

"내가 그런 말을 했다고? 기억이 안 나는데?"

비겁하게 내빼는 어법. 예승이가 이렇게 나오면 나에 대한 험담을 확실히 했다는 거다. 만약 예승이가 저런 말을 한 적이 없는데 루리가 모함한 거라면 예승이는 펄쩍 뛰겠지. 대체 누가 그런 말을 했냐고 거품 물겠지. 한두 번 본 게 아니고, 한두 번 들은 게 아니다. 밍글에 이런 글이 무지하게 많이 올라오니까. 그중에 험담한 사람이 사과하는 경우를 본 적이 없다. 그냥 당한 사람만 억울한 채로 상황이 종료된다. 그렇다고 모든 대화를 녹음하면서 살 수도 없고, 참 나.

이런 일이 어떻게 흘러가는지 예측할 수 있게 된 지금의 나는 생각한다.

따져 봐야 소용없다. 세상 모든 사람의 입을 다 틀어막을 수도 없고, 나에 대해 좋게 평가하는 사람만 있을 거라는 기대도 접어야 한다. 게다가 예승이가 뭐라고. 그 아이는 내 인생에서 중요한 인물이 아니다.

사실이다. 전에는 예승이에게 꼭 묻고 싶은 게 있었다. 나 빼고 우리 반 여자애들 전부가 급식실에 갔던 날, 나를 일부러 떨군 건지 아니면 내가 먼저 나가 버려서 별수 없이 그랬던 건지 답을 듣고 싶었다. 그런데 이제는 전혀 궁금하지 않다.

그리하여 개찐따니 허언증이니 하는 험담은 지구 반대편의 어느 나라에서 60대 할머니가 쌍둥이를 출산했다는 뉴스처럼 잠깐의 충격만 안겨 주고는 안개처럼 사라졌다.

수업이 끝나고 조금 늦게 나왔는데, 교문 앞에서 예승이를 봤다. 예승이는 어떤 남자애랑 나를 지나쳐 앞서 걸어갔다. 딱 봐도 둘이 사귀는 사이였다.

그런데 남자애가 어쩐지 낯이 익었다. 어디서 봤지? 혹시 도시 농부에 있다는 짝남인가? 드디어 사귀는 건가?

고전을 걷다 동아리 모임은 두 번 있었다. 처음엔 스터디 카페 세미나실에서, 두 번째는 카페에서 모였다. 카페에서 모일 때 다른 손님들이 많이 신경 쓰였는데, 다행히 손님이 별로 없었다. 주로 주말에 모이니 모임 장소가 불안정했다. 태오가 정 갈 곳이 없으면 자기 할머니 연구실을 쓰면 된다고 했다.

"연구실? 할머니가 뭐 하시는 분인데?"

"태오 할머니 대학교수셔. 주말에는 연구실 비니까 우리가 써도 된다고 하셨대."

유찬이의 질문에 현서가 대신 대답했다. 고전을 걷다 동아리 회원은 총 다섯 명이다. 부장인 현서와 태오, 이유찬, 윤초원, 나. 1학년도 있다더니 그 애는 금방 탈퇴했다고 했다.

"친할머니야?"

"아니, 친척 할머니. 나 키워 주신 분. 돌아가신 우리 친할아버지 막냇동생이셔."

이번에는 태오가 대답했다. 그때 알았다. 태오가 좋아하는 단어로 할머니를 고른 이유를.

"나도 할머니 집에서 자랐는데."

혼잣말처럼 중얼거렸는데 맞은편에 있던 태오가 내 말을 들었는지 나를 쳐다보며 웃었다.

태오가 어릴 때 태오네 엄마가 뉴스에도 나온 큰 교통사고를 당했다고 했다. 워낙 크게 다쳐서 오랫동안 병원에서 지내야 했고, 엄마를 간호할 사람이 직장에 다니는 아빠밖에는 없어서 태오는 친척 할머니 집에 맡겨졌다고. 그러다 초등학교 5학년 때 부모님이 사는 이 동네로 전학 온 거였다.

"좋은 분이시구나."

유찬이가 말했다.

"고마운 분이지. 사랑스럽고, 귀엽고."

여기까지 말하더니 태오가 킥킥 웃었다. 친척 할머니를 정말로 많이 좋아하는 것 같았다.

"세상에서 제일 존경하는 분이기도 하고. 너희들한테 우리 할머니 보여 주고 싶다."

태오가 진지한 표정으로 말했다. 할머니에 대한 자부심과 자랑스러움이 가득 묻어나는 말투였다.

첫 모임 때는 각자 자기가 좋아하는 고전 작품의 독후감을 발표했다. 나는 읽은 게 「무무」밖에 없어서 떨리는 마음으로 발표했는데, 애들이 잘 썼다고 칭찬을 많이 해 줬다. 유찬이는 다자이 오사무의 『인간 실격』을, 태오는 무려 두 개나 발표했다. 슈테판 츠바이크의 『우체국 아가씨』와 로맹 가리의 『유럽의 교육』이었다. 현서는 조선 시대 문인 이옥의 「장터의 좀도둑」에 대한 독후감을 발표했다. 내게는 전부 생소한 작가와 작품이었다.

"근데 우리 족보가 없는 거 같지 않냐? 한국 고전도 아니고, 유럽 소설도 아니고, 고전 명작이라고 묶기도 애매하고, 되는 대로 옛날 거면 아무거나 읽자는 거잖아."

두 번째 모임에서 유찬이가 말했다. 첫 번째 모임에도 나오지 않았던 윤초원이라는 아이는 결국 얼굴 한번 비추지 않고 동아리를 탈퇴했다.

"맞아. 그래서 지원 사업에 떨어진 것 같아. 그래도 우리가 뭐, 과제 하는 것도 아닌데 읽고 싶은 것부터 읽는 게 좋지 않아?"

"좋아!"

현서의 말에 내가 큰 소리로 대꾸했다. 다른 애들, 유찬이까지도 고개를 끄덕였다. 각자 앞으로 읽고 싶은 책을 이야기하다가 현서가 실토했다. 사실 국문과 대학원생한테 국어 과외를 받고 있다고. 수능에 나오는 고전뿐 아니라 잘 알려지지 않은 작품까지 두루 읽는다고 했다. 현서가 독후감을 써 온 작품도 과외 선생님이 만든 교재에 수록된 거였다.

두 번째 모임을 마치고 집으로 돌아가는 길에 벅차오르던 느낌을 잊을 수가 없다. 부원들도 좋았고, 느슨하지만 소속감이 생긴 것도 좋았다. 애들이 말한 작품들을 나중에라도 다 찾아 읽어 봐야겠다고 결심했다. 알 수 없는 열정이 낳은 의지였는데, 인생에 꿈이 생기고 계획이 생긴 것 같아 뿌듯했다.

무엇보다도 안태오, 그 아이가 좋았다. 시도 때도 없이 태오가 생각났고, 잠을 못 자도 피곤하지 않은 날들이 이어졌다. 거

대한 열기구에 올라탄 것처럼 기분이 둥둥 떠다녔다.

들뜬 마음을 다스리기 위해 걸핏하면 밍글에 들어갔다. 세상의 온갖 사랑 노래와 드라마, 영화, 만화가 말하는 바에 의하면, 짝사랑은 다음과 같은 단계를 밟는다. 누군가를 좋아한다, 썸을 탄다, 고백한다, 사귄다 혹은 차인다.

그런데 그런 공식은 하나도 도움이 되지 않았다. 여기에는 결정적으로 중요한 '어떻게'가 빠져 있었다. 짝사랑하는 애에게 '어떻게' 다가가는지 알아야 썸을 타든지 말든지 할 게 아닌가. 그리하여 나는 하루 종일 연애에 관련된 글을 검색해 읽었다. 이런 걸 먼저 경험한 이들의 이야기가 필요했다. 물론 달달한 글만 있었던 건 아니다. 인터넷에 돌아다니는 수많은 글 중에는 이런 글도 있었다.

고1인데, 인간 혐오 레전드 찍음

절친이 자꾸 내 남친 궁금하다고, 보여 달라고 함. 한 달 전에 셋이 떡볶이 먹었음. 그날 이후 남친이 자꾸 바쁘다고 함. 뭔가 쎄했는데, 며칠 전에 알게 됨. 절친이랑 남친이랑 바람남. 내 인생에도 개막장이 있을 줄 몰랐음. 전에는 이 학교 애들 질 떨어진다는 소리 들어도 걍 무시했는데, 진짜 저것들이 인간이냐? 전남친 정떨어져서 긁힌 건 별로 없는데, 이것들 꼬라지 보면 패고 싶음. 모든 인간을 혐오하게 되었음.

이 글에는 엄청나게 많은 댓글이 달려 있었다.

⤷ 그 커플 조만간 또 헤어진다에 한 표. 다른 여자가 꼬시면 홀라당 바람날 듯 ㅋㅋ
⤷ 그 친구 원래 님 남친한테 마음 있었던 거 아님? 그래서 일부러 접근한 거 같은데;;
⤷ 조상이 도운 듯. 저런 쓰레기 년놈들 일찌감치 분리수거하고 좋지 뭐.
⤷ 애인한테 확신 없을 때는 절대 친구한테 보여 주지 마. 저렇게 애인 가로챈 케이스 엄청 많이 봄.

이 댓글을 보는데 머릿속에 번쩍 어떤 장면이 스쳤다. 예승이랑 같이 걸어가던 남자애를 어디서 봤는지 이제야 기억났다.

3월엔가? 학교 앞 컵밥집에 루리와 함께 앉아 있던 애였다. 그 애와 루리는 숟가락을 들고 키득키득 웃으며 밥을 먹고 있었는데, 사귀는 사이에서나 나올 법한 다정한 모습이었다. 지금 생각하니 예승이랑 같이 가던 그 애, 루리의 전 남친이 아니었을까? 그 애가 루리에서 예승이로 환승한 거? 그래서 루리가 예승이 무리에서 나온 건가? 혹시 저 글 루리가 쓴 거 아닐까?

고1이라고 했으니 루리가 쓴 건 아니겠지. 우리 학교가 질 떨어진다고 소문난 학교도 아니니까. 그래도 모른다. 누가 알아볼까 봐 꾸며 내서 올렸을 수도. 만약 정말 루리가 쓴 거면 어떡하지? 나는 별로 친하지도 않은 아이를 걱정하느라 좀처럼 잠을 이룰 수 없었다.

슈퍼맨

내 예상이 맞았다. 예승이 남친은 루리의 전 남친이었다.

"지민아, 있잖아. 계속 생각해 봤는데, 예승이가 처음부터 작정하고 나한테 접근한 거 같아. 나는 예승이 그룹에 낄 생각 없었거든? 3월에는 남친, 아니, 그러니까 전 남친이랑 점심 먹기로 해서 걔들이랑 어울리지도 않았어. 날짜를 따져 보니까 퍼즐이 딱딱 맞춰지는 거야. 내가 남친이랑 밥 먹는 거 보고 예승이가 나한테 접근한 거야. 걔네 반이랑 우리 반이랑 같은 시간에 밥 먹었잖아. 참! 너는 내 전 남친 모르지?"

루리가 물었다. 우리는 급식실에 마주 앉아 있었다. 언젠가부터 루리와 나는 점심을 같이 먹는다. 종종 하교도 같이한다.

루리의 질문에 속으로 생각했다. 너의 전 남친 잘은 몰라. 근데 얼굴은 봤어.

"응, 몰라. 누군데?"

하지만 나는 이렇게 대답했다.

"있어. 몰라도 돼. 미친 쉐키! 암튼 지금 생각해 보니까 확실해. 예승이가 내 남친한테 직접 꼬리 치기 어려우니까 날 이용한 거야. 그때 코노에, 참! 그날 너랑 봤잖아? 나 발목 다친 날. 그날 노래방에서 예승이가 뜬금없이 내 남친 좀 부르라는 거야. 같이 놀자고. 근데 진짜 좀 이상해. 예승이가 말하면 내가 거절을 잘 못해. 내가 바보 쭈글탱이였지, 뭐."

"아니야."

"뭐가?"

"너, 바보 쭈글탱이 아니라고."

내 말에 루리가 숟가락을 문 채 미소를 지었다.

"그날 진짜 웃겼어. 그 새끼 학원 가야 할 시간이었거든? 그런데 내가 전화하니까 오겠대. 와! 미친놈, 여자애들 많다니까 학원까지 째고 좋다고 온 거야. 오더니 지가 무슨 가수인 것처럼 힙합 부르고 난리도 아니었어. 중간에 예승이가 쪼르르 나가더니 둘이 듀엣으로 부르고, 아주 대환장, 막장, 그날이 그것들 1일이었나? 궁금해 죽겠는데 긁힌 거 티 날까 봐 꾹 참았어. 근데 결국 내가 예승이한테 물어봤다? 너희 둘이 사귄다며?"

"헉. 그걸 직접 물어봤어?"

"응."

"그랬더니 예승이가 뭐래?"

"사귄대. 그 새끼가 나랑 헤어진 거나 마찬가지라고 했대."

"웃기시네. 그래서? 예승이랑 싸웠어? 뭐라고 했어?"

"안 싸웠어. 그런 애랑 내가 왜 싸우냐? 내가 말했어. 그래? 나랑 헤어진 거나 마찬가지라고 했다고? 좋아! 너 가져! 이렇게."

"진짜? 와, 그 상황에서 안 싸웠다고? 와, 대단하다."

"안 그래도 헤어지고 싶었는데 차 주겠다니 어찌나 고마운지 몸 둘 바를 모르겠네. 옜다! 그 새끼 예승이 너 가져. 이랬지."

"와! 와, 진짜 그렇게 말했다고? 와, 이루리 세다. 완전 멋지다!"

내가 양손 엄지까지 치켜세우며 호들갑을 떨자 루리가 키득키득 웃었다. 그런데 웃음 끝에는 쓸쓸한 표정을 지었다.

"근데 진심 전학 가고 싶다. 아니면 반이라도 바꾸고 싶어. 저것들 붙어 다니는 거 보니까 속 터져 미칠 것 같아. 내가 예승이한테 졸개처럼 빌빌거렸던 것도 생각나고, 그 새끼가 나한테 별로 잘해 준 게 없어서 미련 같은 건 없는데, 그냥 막 억울해. 나를 얼마나 바보로 알았으면 나 모르게 둘이 만나? 차라리 당당하게 만났으면 덜 억울했을 거야. 그렇다고 패 버릴 수도 없고. 지민아, 나 가면 우울증? 막 이런 거 같아."

루리가 한숨을 쉬며 말했다. 말하다 보니 밥맛이 떨어졌는지 루리는 젓가락을 내려놓았다.

"루리야, 우울증 같은 거 날려 버려. 그냥 분리수거했다고 생각해."

"분리수거?"

"응. 어디서 봤어. 친구 애인 가로채는 거, 그걸 어떻게 봐주냐? 마음 긁히지 말고 그냥 쓰레기 일찍 분리수거했다고 생각하래."

"오, 그거 좋은 말이다. 진짜 맞는 말이네."

루리가 배시시 웃으며 말했다.

"그런데 혹시 네 전 남친, 도시 농부 동아리야?"

"응, 맞아. 어떻게 알았어?"

루리가 물었다. 맞구나. 예승이가 도시 농부 동아리에 짝남이 있다고 하더니, 그 짝남이 루리 남친이었구나. 지금은 예승이 남친이 된 거고.

"아는 건 아니고, 도시 농부 동아리에서 언뜻 본 거 같아서. 전에 너랑 둘이 컵밥집에 같이 있는 거 봤거든. 혹시 개인가 싶어서 물어봤어."

"그 쉐키 못생겼지? 꼭 못생긴 것들이 바람피운다?"

루리의 말에 우리 둘은 마주 보며 킥킥 웃었다.

"근데 너 고전 동아리는 왜 들어갔어? 도시 농부가 훨씬 재미있잖아."

루리가 물었다.

"뭐, 좋아서? 솔직히 말하면 좀 있어 보이는 동아리 들고 싶었어. 무시당하기 싫어서. 이 기회에 책도 좀 읽고, 똑똑한 애들이랑 있으니까 배울 것도 많고, 그래서."

이게 진짜 내 생각일까? 내 입에서 나오기는 했지만 평소엔 생각지도 않던 말이었다. 루리가 고개를 끄덕였다.

"지민이 너 용기 있다. 나 같으면 그런 데 들어가고 싶어도 기죽을까 봐 못 들어가는데."

"왜? 뭐가 기죽어? 기죽이고 그런 동아리 아닌데?"

"에이, 현서 같은 애가 있는데. 현서 넘사벽 금수저잖아. 몰라?"

넘사벽 금수저면 기죽어야 하나? 나는 내가 현서에 대해 뭘 모르는지 몰라서 아무 대답도 하지 않았다. 그러자 루리는 현서가 얼마나 대단한 아이인지 알려 주었다.

음료 자판기 설치와 화장실 휴지 비치는 전교 회장 선거 공약이었다. 이게 3월에 다 이루어졌는데, 실은 전교 부회장 조현서 덕분이라는 거였다. 화장실 입구에 달랑 하나 있던 공동 휴지걸이가 사라지고 그 대신 칸마다 휴지걸이가 생겼다. 복도마다 음료 자판기가 들어오자 매점이 있는 다른 학교를 부러워하지 않아도 되었다. 이것들 전부 다 장난 아니게 부자인 현서네 집에서 사비로 설치한 거라고 했다.

"게다가 현서는 우리랑 좀 다른 인종 같잖아. 사랑받고 자란 티가 줄줄 나고. 그런 건 타고나야지, 노력해서 되는 게 아니야."

루리의 말에는 조현서에 대한 부러움과 경외심, 열등감 같은 복잡한 감정이 묻어 있었다. 루리가 나한테 곁을 내준 이유가 혹시 내가 현서랑 어울려서였나? 문득 그런 생각이 들었다.

루리처럼 생각해야 하는 걸까? 물론 나도 현서가 부러울 때가 있었다. 현서가 들고 다니는 비싼 가방은 부럽지 않은데, '사랑받고 자란 티'가 나는 현서는 부러웠다. 루리는 개기름이 흐르지 않는 현서의 깨끗한 피부를 부러워했지만, 나는 현서의 당당한 말투와 꼬이지 않은 성격이 부러웠다.

"나 예전에 남녀 공용 화장실 갔다가 잠 못 잔 적 있다? 너무 걱정돼서."

동아리 첫 모임이 끝나고 같이 떡볶이를 먹을 때, 현서가 이런 말을 했다.

"왜? 화장실에서 무슨 일 있었어?"

애들이 묻자 현서가 키득키득 웃었다.

"갑자기 이런 생각이 드는 거야. 화장실에 누군가의 정자가 남아서 내 몸으로 기어 들어왔으면 어떡하지? 너무 걱정돼서 엄마한테 나 임신했으면 어떡하냐고 막 그랬어."

우리 모두 웃음을 터뜨렸다. 어이없기도 하고, 이렇게 똑똑한 애한테도 허술한 면이 있구나 싶기도 했다.

부러웠다. 그렇다고 그 애처럼 되고 싶다는 마음은 한 방울도 없었다. 현서는 좋겠구나, 집도 잘사는데 예쁘고 똑똑하고 성격도 좋아서. 그냥 여기까지였다.

내가 이상한 건지도 모른다. 정말로 많은 사람들이 숨 쉬듯이 급을 나누니까. 할머니랑 살던 아주 어릴 적부터 들었다. 대학 졸업장이 연봉을 결정하고 앞으로의 삶도 결정한다고. 그런데 거기서 끝이 아니었다. 아이들은 외모와 성적은 물론, 들고 다니는 가방이나 입고 다니는 옷에 따라서도 급을 나눴다. 어떤 아이들은 사는 집이 어디인지, 어떤 아파트 단지의 어느 동에 사는지까지 알아내서 급을 나눴다. 그 애들이 만든 등급표에서 내가 어느 지점에 있을지 생각해 본 적이 있다. 중간 이하인 건 확실했다. 집도 별로, 공부도 별로, 외모도 별로.

고전 동아리에 들기를 잘했다는 생각이 들었다. 어떤 친구를 사귀어야 하는지, 있어 보이려면 어떤 스타일로 입어야 하는지, 리미티드 에디션 신발을 신고 다니는 애가 누군지, 개근거지 소리를 듣지 않으려면 어떻게 처신해야 하는지, 이런 화제에 동아리 애들은 관심이 없었다. 당연하다. 당장 성적에 도움이 될지 안 될지도 알 수 없는 책을 읽겠다고 모인 애들이었으니까. 교실에서는 여전히 금수저가 부럽다거나 흙수저는 망했다는 말을 들었지만, 적어도 이 애들 사이에서는 누가 어떤 집에서 태어났든 신경 쓰지 않고 얘기할 수 있다는 게 좋았다. 타고난 것보다 스스로 만들어 가는 인생이 더 의미 있고 가치 있다는 생각을 진지하게 들어 주는 것도 좋았다. 나는 다시 태어난 것 같았다. 그리고 이 모든 변화의 중심에 태오가 있었다.

태오. 안태오는 그저 그런 아이들과 달랐다. 이 아이는 전형적인 강강약약 스타일이었다. 나만 그렇게 생각하는 게 아니다. 동아리 모임이 끝나고 유찬이가 물었다.

"태오 티셔츠 예쁘다. 어디 거야?"

"이거? 나도 몰라. 엄마가 아름다운 가게에서 사 온 거야. 누가 입던 거겠지? 잘 어울리냐?"

태오는 녹색과 회색 줄무늬 티셔츠를 내려다보며 씩 웃었다. 살면서 중고 티셔츠 입는 걸 당당하게 말하는 애는 처음 봤다. 그런데 진짜 잘 어울리긴 했다.

"모델이 좋으니까 아무거나 입어도 다 예뻐 보이는 거야."

옆에 있던 현서가 거들었다. 그날, 현서는 내게 이렇게 물었다.

"태오 좀 맹구 같지 않아?"

나는 큰 소리로 대꾸했다.

"아니, 전혀."

"너 사람 볼 줄 아는구나. 맞아. 태오는 언뜻 보면 맹구 같은데, 그냥 고지식해서 그래. 지민이 너 그 시 알아? 풀꽃. 자세히 보아야 예쁘다, 뭐 이렇게 시작하는 시 있잖아."

"응, 알아."

"태오가 그런 애야. 풀꽃 같아. 알면 알수록 더, 더 괜찮은 사람."

현서가 말했다. 나는 속으로 생각했다. 자세히 안 봐도, 오래 안 봐도, 그냥 알겠어. 태오는 좋은 사람이야.

태오와 현서는 사이가 좋았다. 그러니 같이 동아리도 만들었겠지. 이따금 현서가 태오 팔을 잡거나, 어깨에 매달리거나, 헤드록을 걸곤 했는데 그때마다 나는 온 감각을 동원해 저 친밀한 제스처가 어떤 신호인지 분석했다. 다행히 내 촉은 나를 안심시켰다. 태오에 대한 현서의 감정은 모르겠으나, 태오는 현서한테 별 감정이 없는 것 같았다.

"태오는 세상을 보는 눈, 사람을 대하는 자세가 보통 사람들하고는 달라. 친구지만 존경스러워."

현서가 말했다. 나도 알아, 현서야. 우리 다 봤잖아.

첫 모임 때 『유럽의 교육』 독후감을 발표하면서 태오가 말했다. 어떤 이념도 어떤 교육도 선량한 사람을 죽이는 일에 이용되어서는 안 된다고. 많은 전쟁이 일어났고, 지금도 일어나고 있지만, 인간의 존엄을 이기는 전쟁은 없었다고. 끝내 인간이 이길 거라는 걸 역사가 증명해 줄 거라고.

태오가 하는 말에는 울림이 있다. 심장을 훑고 나온 말이라는 게 느껴지니까. 검색해서 나온 내용을 외워서 말하는 것과는 차원이 달랐다.

현서야, 나도 알아. 알고 지낸 시간은 너보다 짧지만, 나는 너보다 태오를 더 잘 알아. 왜냐면 나는 언제 어디서나 태오를 생각하거든. 꿈에서도 태오와 만나.

태오는 슈퍼맨의 심장을 가진 아이야. 그 아이 심장에는 나의 할머니도 들어 있고, 세상의 따뜻한 공기와 생의 의지와 사람을 신뢰하는 이들의 믿음이 들어 있어. 그 아이의 온기가 어느새 내게 스며들었어. 인생에 목표가 생겼어. 나는 태오한테 좋은 사람이 되고 싶어. 그리하여 더 멋진, 더 나은 내가 되고 싶어.

마음의 눈으로 보는 법

지하철에서 내리자마자 열기가 확 느껴졌다. 6월이 되자 낮에는 한여름처럼 더웠다. 나는 겉옷을 벗어 가방에 넣었다. 계단을 내려가니 로드 뷰로 보았던 버스 정류장이 저 앞에 있었다.

전광판에 내가 타야 할 마을버스가 구 분 후에 도착한다는 안내가 떠 있었다. 나는 이어폰으로 음악을 들으며 버스를 기다렸다. 잘 찾아갈 수 있을까? 태오가 못 찾겠으면 전화하라고 했는데, 길 잃은 척하고 전화나 걸어 볼까? 다른 애들은 왔을까? 별의별 생각이 다 들었다. 독후감을 대강 써 와서 찜찜하기도 했다.

우리는 이용휴의 「외안(外眼)과 내안(內眼)」에 대한 독후감을 발표하기로 했다. 아무리 고전 동아리라지만 현서는 뭐 이런 글을 읽자고 했을까? 이 글이 실린 책은 절판되어서 서점에서 살 수도 없었고, 동네 도서관에도 없었다. 고액 과외하는 걸 자랑하고 싶었나? 설마, 아니겠지. 현서는 뭘 뽐내거나 자랑하는 스타일이 아니다.

지난 모임 때 현서는 누구나 다 아는 아이돌 가수를 모른다고 해서 우리를 놀라게 했다. 진짜 모른다고? 다들 의아한 표정으로 묻자 현서는 진짜 진짜 모른다고 당당하게 말했다. 자기는 마이너 감성이라고. 마이너에 끌린다고. 정말 그랬다. 현서는 아이돌은 몰라도 인디 밴드는 줄줄 꿰고 있었고, 옷이든 화장품이든 뭐든 유행하는 아이템에 별 관심이 없어 보였다. 실제로는 메이저인데 마이너 감성이라니, 세상 제일 부러운 포지션 아닌가? 나도 다른 사람과 구별되는 나만의 정체성을 만들고 싶다. 근데 뭐가 있어야 만들든 말든 하지, 젠장.

어쨌든 조선 시대 산문이기는 하지만 글이 짧아서 좋았다. 대강 이런 내용이었다.

'외안으로 사물을 보고 내안으로 이치를 본다. 이치가 없는 사물은 없다. 따라서 외안으로 현혹된 것은 반드시 내안에서 바로잡아야 한다.'

글을 읽어도 따로 쓸 이야기가 없었다. 내안이 중요하다, 뭐 이런 걸 써야 하나? 잘 쓰고 싶어서 검색해 봤더니, 이용휴라는 문장가가 마흔에 시력을 잃은 정재중이라는 사람을 위로하기 위해서 쓴 글이라고 했다. 그런데 어쩌란 말인가. 대체 뭘 쓰지? 생각나는 내용이 한 줄도 없었다. 결국 AI에 질문해서 받은 답변으로 독후감을 썼다. 학교 과제였으면 AI에 나온 걸 베껴 갔다가는 무조건 빵점 처리일 텐데 말이다.

마을버스에 올라타자마자 핸드폰 진동이 느껴졌다.

"어디야?"

전화를 받자 태오가 물었다.

"마을버스 타고 가고 있어."

"그래? 내가 마중 나갈게."

태오는 이렇게 말하고 전화를 끊었다. 마을버스에서 내리니 진짜 태오가 기다리고 있었다. 우리는 대학 정문을 통과해서 연구동 방향으로 걸었다.

"여긴 별로 안 덥네."

내가 말했다. 버스 에어컨에서 미지근한 바람밖에 나오지 않아 힘들었는데, 학교 안은 공기가 사뭇 달랐다.

"저기 봐."

태오가 건물 너머 초록이 가득한 산을 가리켰다.

"산 아래여서 그래."

태오는 이 말을 하면서 나를 보고 싱긋 웃었다. 내 심장이 바람을 타고 초여름 하늘을 날아다녔다.

우리는 계단을 올라 태오 할머니 연구실로 갔다. 문을 열었더니 현서와 유찬이가 손을 들어 반겨 줬다.

"얼른 하자. 밥 못 먹고 왔더니 배고파 죽겠다."

유찬이가 죽겠다며 너스레를 떨었다. 열어 둔 창문으로 바람이 불어왔다. 우리는 현서가 가져온 프린트물을 하나씩 받아 들었다.

"다들 찾아봤겠지만 이용휴는 조선 시대 문인이고, 여기에 소개 글 있지? 특이한 건 당쟁 때문에 벼슬에는 못 나갔대. 그래서 평생 글만 쓰면서 살았나 봐."

이렇게 운을 뗀 현서는 자기가 써 온 독후감을 읽기 시작했다.

"'외안'은 외부의 시각이나 사회적 관점을 의미하며, '내안'은 개인의 내면적 시각이나 자아를 나타낸다. 이 두 개념은 서로 상반되면서도 연결되어, 개인의 정체성과 사회적 관계를 탐구하는 데 중요한 역할을 한다. 이용휴는 외부의 시선에 의해 형성되는 사회적 압력과 개인의 내면적 갈등을 통해 인간 존재의 복잡성을 드러내고자 했다. 이러한 주제는 현대 문학에서도 여전히 유효하며, 자아와 사회의 관계를 탐구하는 데 많은 이들에게 영감을 주고 있다."

깜짝 놀랐다. 현서가 발표한 내용은 내가 써 온 독후감이랑 똑같았다. 현서도 AI가 한 말을 고스란히 긁어 온 게 분명했다.

"너, 이 글 베껴 온 거지?"

유찬이가 장난스럽게 물었다. 유찬이는 현서가 무안해할까 봐, 악의가 없다는 걸 보여 주려는 듯 눈도 찡긋했다.

"응. 도저히 감이 안 잡혀서."

현서가 배시시 웃으며 대답했다. 현서의 얼굴이 살짝 붉어졌다.

"근데 왜 이 글 읽자고 했어?"

"그냥 뭐, 좋은 거 같아서……. 근데 좋잖아. 안 그래?"

현서는 말을 좀 더듬었다. 그때 태오가 끼어들었다.

"옛날 글이라 독후감 쓰기 어렵긴 하더라. 근데 글은 좋던데? 나는 내안이 마음의 눈을 말하는 거라고 읽었어. 자신 있게 말할 수는 없지만, 가치관 같은 것도 포함한 마음의 눈 말이야. 우리는 눈에 보이고 손에 만져지는 것만 최고라고 여기고 마음, 내면 같은 건 무시하잖아. 돈을 숭배하는 지금의 세상을 비판적으로 볼 수 있는 글 같아서 좋았어. 나도 뭐, 독후감 잘 쓴 건 아니지만."

태오의 말에 다들 고개를 끄덕였다. 동아리 부장은 현서인데, 언젠가부터 태오가 주도하는 느낌이었다.

태오의 말이 마중물이 되어 우리는 각자 떠오른 생각들을 자유롭게 나눴다. 겉모습으로 사람을 판단하는 것이나 돈을 최고로 치는 것에 대해서, 마음의 소리를 무시하면 우울증 같은 병이 올 수도 있다는 어느 정신과 의사의 말 등 이런저런 얘기들이 동그란 테이블 위에 차려졌다. 우리가 하는 말들이 「외안과 내안」과 관련이 있는 내용인지는 모르겠지만 화젯거리를 던져 준 글인 건 분명했다.

토론은 짧았고, 뒤풀이는 길었다. 현서가 우리 몫까지 도시락을 싸 왔다.

"와우. 오늘 너 생일이냐?"

유찬이가 말했다. 도시락은 엄청났다. 함박스테이크에 새우튀김, 빵과 과일, 스무디까지, 꼭 뷔페에 온 것 같았다.

"나 얼마 전에 영어 경시대회에서 상 탔잖아. 기념으로 엄마가 쏘는 거래. 엄마가 아니라 도우미 아주머니가 싸 주신 거긴 하지만."

현서가 덤덤하게 말했다.

"들고 오느라 무겁지 않았어?"

"엄마가 차로 태워 줬어."

역시 덤덤한 목소리.

책 냄새가 가득한 연구실 창밖에는 푸른 나무와 하얀 구름과 대학 본관 건물이 그림처럼 펼쳐져 있었다. 이런저런 이야기를 나누면서 도시락을 먹는 동안 태오와 내 눈이 쉴 새 없이 마주쳤다. 초여름 주말, 낯선 대학의 연구실에 앉아 있는 지금

이 순간이 꿈같았다. 이게 꿈이라면 영원히 깨고 싶지 않았다.

"우리 엄마 아빠가 별로 못 배웠거든. 가방끈이 짧다는 소리야. 두 분 다 가난하게 자랐는데 사업에서 대박이 났고, 재테크도 잘하셨어. 그래서 엄마 아빠는 내가 학자가 되길 바라셔. 엄마 아빠한테 없는 딱 하나, 좋은 학벌을 갖길 원하시거든. 뭐, 나도 동의해. 책도 좋아하고. 아무 걱정 말고 좋아하는 공부 하래."

현서가 말했다. 순간 부러웠다. 모든 걸 다 가진 이 멋진 아이가. 나의 부모도 가방끈이 짧은 편인데, 나는 현서처럼 당당하게 부모님의 학력에 대해 말한 적이 없다.

"어릴 때는 바이올린 하라고 했는데 내가 음악보다 책을 좋아했거든. 난 인문학부 가고 싶어. 엄마가 알아봤는데, 대학은 한국에서 나오고 그다음에 미국으로 유학 가래. 내가 미국에서 박사 학위까지 받고 귀국해서 태오 할머니처럼 교수 되면 좋겠대."

"부럽다, 엄청. 현서는 진짜 좋겠다."

유찬이가 말했다.

"뭐가?"

"너네 집 부자라서. 나도 인문학 쪽으로 가고 싶은데 말도 못 꺼내. 우리 집은 무조건 의대 가야 돼. 내 성적 뻔히 알면서도 포기를 안 해. 가고 싶어도 못 간다고 하니까, 의대 못 가도 인문학은 안 된대. 굶어 죽기 딱 좋은 전공이니까 한가한 소리 하지 말라고. 진짜 그러냐? 아닌 거 같은데? 난 많이 안 벌어도 되거든. 적게 먹고 적게 쓰더라도 하고 싶은 거 하면서 살고 싶어. 근데 엄마 아빠가 막 우겨. 인문학은 음악이나 미술처럼 부잣집 자식들이나 하는 거래."

"아닌 거 같은데?"

태오가 유찬이를 쳐다보며 말했다.

"우리 할머니 장학금 타면서 공부했어. 가난해도 공부할 수 있어."

"야! 옛날이랑 요즘이 같냐고!"

유찬이가 의자에서 벌떡 일어나더니 태오한테 장난스럽게 헤드록을 걸었다.

"그냥저냥 좋아하는 사람도 먹고살 걱정 없이 공부할 수 있으면 좋겠다, 이 말이야. 내 말은."

유찬이의 말에 태오가 고개를 끄덕였다.

"근데 태오 할머니 진짜 동안이시다?"

책장 앞에 있는 사진을 보며 현서가 말했다. 나는 자리에서 일어나 책장 가까이에 다가갔다. 연구실에서 찍은 스냅 사진이었다. 어느새 옆에 온 태오가 사진을 들여다보며 아직 소녀 감성이 있으시긴 해, 라고 말하며 할머니의 사랑 이야기를 들려주었다. 태오 할머니는 군사 독재 정권 시절에 대학에 다녔는데, 그때 학생 운동을 하던 선배를 좋아했다고 한다. 그 선배를 따라 자연스럽게 시위도 나가고 유인물도 배포하고 그랬는데, 고백하기도 전에 선배가 군대에 끌려갔다.

"강제 징집된 거지. 그런데 그분이 군대에서 자살했어."

태오가 말했다. 우리는 동시에 소리쳤다.

"왜?"

"고문당해서 너무 많이 불었거든. 학생 운동 동지들을."

군사 독재 정권에 명단이 알려지면 동지들도 고문당하거나 감옥에 가는 거라고 했다. 그래서 자살하기 전에 제대하는 군대 동기에게 편지를 부쳐 달라고 부탁했다고. 자기가 실토한 명단을 알려 주고 피신하라는 내용의 유서가 들어 있었는데, 그 명단에 태오 할머니도 있었다.

"그분이 자살하면서 할머니 목숨을 살렸어. 할머니는 그분 덕에 살아남은 거야."

영화 같은 이야기에 우리 모두 아무 말도 할 수 없었다. 분위기가 숙연해지자 갑자기 유찬이가 소리쳤다.

"참! 깜빡했다. 나 손금 배웠어. 오늘 너희들 손금 봐 주려고 했는데 깜빡하고 있었다. 손금 보고 싶은 사람!"

우리 셋 다 동시에 손을 들었다.

"현서부터 보자. 어? 현서 너, 순정파지?"

"어떻게 알았어?"

"그냥 때려 맞힌 거야. 내가 볼 줄 아는 건 결혼해서 자식이 몇인가, 이거밖에 없어. 보자, 현서는 나중에 결혼하면 한 명 낳겠다."

"정말? 한 명? 딸이야, 아들이야?"

"그런 것까지는 몰라."

다음은 나였다.

"지민이는 애가 셋이다. 헐, 세 명이나 낳다니. 홍지민 애국자네!"

유찬이가 장난스럽게 엄지를 치켜세웠다.

"나는?"

태오가 손을 내밀었다. 유찬이는 가재눈을 뜨고 태오 손바닥을 들여다보았다. 옆에서 보니 유찬이는 새끼손가락 아래만 유심히 보는 것 같았다. 결국 실토하기를, 감정 선이랑 새끼손가락 바로 아래 있는 실금이 몇 줄인가가 나중에 낳을 자식의 수라고 했다. 믿거나 말거나. 약팔이 냄새가 나긴 했지만 재미는 있었다.

"너는……. 보자, 태오는 두 명이네. 딱 좋다. 아들 하나, 딸 하나 낳으면 되겠다."

유찬이의 말에 태오가 고개를 갸웃거렸다.

"둘은 너무 적어. 난 세 명 낳을 건데? 그래서 애국자 될 건데?"

태오가 농담처럼 말했다.

"욕심이 많군. 그래, 셋 낳아라. 아니, 뭘 셋만 낳냐? 기왕 애국하려면 아홉 명 낳아. 그래서 야구단 하나 만들어."

"싫어. 셋만 낳을 거야."

태오와 유찬이는 이런 농담을 주고받으며 키득키득 웃었다.

고백해도 되는 타이밍

 깜빡 졸다가 깼다. 창밖이 환했다. 큰일 났다, 지각인가? 생각했다가 금방 알아차렸다. 맞다, 토요일이지. 동아리 모임이 끝나고 집에 와서 잠깐 낮잠을 잔다는 게 곧 저녁 먹을 시간이었다.

 아빠는 일 때문에 부산에 가서 엄마와 둘이 저녁을 먹었다. 우리는 각자 핸드폰을 보며 밥을 먹었다. 엄마는 주말이면 진이 다 빠져서 말할 에너지가 없다고 했다. 엄마와 나는 집에서는 거의 카톡으로 용건을 말하고, 가끔 길게 할 말이 있을 때만 대화한다.

 설거지는 내가 했다. 엄마는 드라마 본다고 소파에 앉았고,

설거지를 끝낸 나는 방에 들어오자마자 핸드폰을 붙들었다. 더 이상 참을 수 없었다. 인내심이 한 톨도 남아 있지 않았다.

> 물어보고 싶은 게 있는데
>
> 너 꿈이 뭐야?

이렇게 써서 태오한테 보냈다. 설거지하는 내내 생각했고, 결론을 냈다. 일단 카톡을 보내자. 한 시간 내로 읽지 않으면 전화를 건다. 읽었는데 삼십 분 내로 답장이 안 와도 전화를 건다. 예의고 뭐고, 그냥 전화로 쳐들어가겠다는 거였다.

카톡을 보내자마자 알람을 맞췄다. 삼십 분 후, 한 시간 후. 알람이 울리면 다음 액션에 들어간다.

그런데 일 분도 지나지 않아 핸드폰이 울렸다.

"통화 가능?"

전화 너머에서 태오가 말했다. 태오 목소리를 듣자마자 심장이 폭죽을 터뜨렸다. 심장이 쏘아 댄 불꽃들 때문에 온몸이 떨렸다.

"당연하지."

"내 꿈이 왜 궁금해?"

태오의 꿈이 왜 궁금할까? 당연히 궁금하지. 너에 대해 알고 싶은 게 너무너무 많아. 내 마음을 말로 다 표현하려면 평생도 모자랄 거야.

"갑자기 생각났어. 아까 현서는 교수 되고 싶다고 했잖아. 너는 뭐가 되고 싶어?"

"천문학자."

"와!"

"초딩 때 별빛 캠프에 간 적이 있거든. 그때 별에 빠졌어. 지금 천체 망원경이 하나 있긴 한데 이걸로는 잘 안 보여서 좀 더 좋은 거 사려고 돈 모으는 중이야. 사실 별 보러 몽골 여행도 가고 싶었다? 근데 부모님이 너무 깜짝 놀라서."

여기까지 말하고 태오는 히히 웃었다.

"천문학과 나오면 뭐 먹고 살래? 이러면서 고개를 절레절레 하셔. 그냥 취미로만 하래. 사람들한테 물어봐도 죄다 반대만 하더라. 이러다 남들처럼 그냥 성적 맞춰 대학 가고 취직하고 그러면서 살겠지?"

"아니야, 태오야. 그러지 마."

내가 말했다. 태오가 저렇게 말하니 마음이 아팠다. 나는 태오가 평범한 사람들과는 결이 다르다고 생각했다. 태오만이라도 현실에 굴복해서 꿈을 버리지 않기를 바랐다.

"나 천문학자 포기하지 말라고?"

"응, 그랬으면 좋겠어. 취직이 안 된다고 하지만 찾아보면 길이 보이지 않을까? 천문학과 나온 사람들이 다 백수인 건 아닐 거잖아."

"그건 그럴 듯. 지민이 넌 꿈이 뭐야?"

나? 나는 내 꿈을 잘 알지. 아직 누구에게도 말한 적 없지만, 내 꿈은 태오 너를 얻는 거야. 너와 특별한 사이가 되어 평생을 함께하고 싶어. 너를 알기 전에는 꿈이 없었어. 공상만 하며 지냈지. 내 인생은 시시했어.

"없어. 난 내가 뭘 하면서 살아야 할지 모르겠어. 나야말로 성적 맞춰 대학 가고, 배운 걸로 대강 밥벌이하며 살겠지, 뭐."

물론 내 마음을 고스란히 말할 수는 없었다.

"그래. 당장은 꿈이 없어도 널 응원해. 생각이 바뀔 수도 있고, 꿈도 변할 수 있는 거잖아."

다정한 목소리. 태오의 말을 따라 나는 두둥실 날아올랐다. 동아리 모임이 끝나고 집에 올 때도 그랬다. 현서 엄마가 차에 태워 준다는 걸 우리는 다 괜찮다고 했다. 유찬이랑 셋이 전철에 나란히 앉았는데, 온 신경이 태오의 팔과 맞닿은 내 오른팔에 쏠렸다. 어지럽고, 목이 타고, 황홀했다.

"저녁은 먹었어?"

태오가 물었다.

"응. 엄마랑 양푼 비빔밥 먹었어. 넌?"

"우리 집은 고등어구이랑 보리밥 먹었어. 근데 양이 적었나 봐. 라면 땡긴다. 지금 먹으면 후회하겠지?"

"반 개만 끓여."

"그럴까? 아, 근데 반 개만 끓이면 맛이 안 나."

"맞아, 반 개는 물 조절이 어렵긴 하지. 나는 덜 익혀서 면이 꼬들꼬들한 게 맛있더라. 기분 내키면 계란 넣기도 하고, 김치 넣기도 하고."

"나는 물 끓기 전에 처음부터 면이랑 스프랑 같이 넣고 끓인다?"

"왜?"

"물 끓은 다음에 면이랑 스프 넣으라는데, 기다리기 귀찮아서 그냥 한꺼번에 때려 넣어 봤거든? 근데 맛이 괜찮더라. 굳이 끓는 물에 라면 넣어야 하는 이유를 모르겠어."

"정말? 나도 한번 해 봐야겠다."

하고 싶은 말이 끝없이 나오는 게 신기했다. 별것도 아닌 일들인데 태오에게 이것저것 말하고 싶었다. 나는 학원 엘리베이터에서 있었던 일을 말했다.

"어떤 아저씨랑 나랑 둘이 있었는데, 그 아저씨가 방귀를 뀌는 거야. 근데, 냄새가, 우와! 완전 코가 썩을 정도로 지독했어. 그 아저씨는 2층에서 내렸거든? 그 아저씨가 내리자마자 어떤 아줌마들이 우르르 탔어. 그런데 아줌마들이 타자마자 코를 틀어막는 거야."

"헉."

"내가 뭔 말 하려는 건지 알겠지? 아줌마들이 자꾸 쳐다보는 거야. 아우, 미치겠더라. 제가 뀐 거 아니거든요! 하고 싶은데 말도 못 하고."

"저런! 알지, 알아."

우리는 키득키득 웃었다. 무슨 얘기를 하든 자꾸 웃음이 나왔다. 웃을 때마다 심장에서 비눗방울이 퐁퐁 흘러나오는 것 같았다. 태오랑 이야기하는 게 너무 좋아서 목이 말라도, 방광이 터질 것 같아도 참았다. 전화를 끊고 싶지 않았다.

그렇게 밤 열한 시가 넘었을 때였다. 갑자기 태오가 화들짝 놀라며 말했다.

"앗! 알람 울렸다."

"이 시간에? 뭔데?"

"할머니한테 전화해야 돼. 미국 가셨는데, 잘 도착했는지 내가 전화하겠다고 했거든."

"그렇구나. 미국 가셨어?"

"응. 대학은 방학이잖아. 우리 모임은 할머니 연구실에서 계속해도 돼. 거기 교통이 안 좋긴 하지만."

"에이, 버스 다니는데 뭘."

"그치? 그 정도면 괜찮은 거지?"

전화를 끊어야 하는데 말이 계속 이어졌다. 할 수 없이 내가 나섰다.

"이제 끊자. 할머니한테 전화 드려야 하잖아."

"어, 그래. 그러자. 잘 자."

"그래, 너도. 아니다. 넌 할머니랑 통화 잘하고 잘 자."

내 말에 태오가 웃었다. 또 비눗방울이 퐁퐁 솟아 나왔다.

내가 먼저 전화를 끊었다. 아직 할 이야기가 많아서 아쉬웠다. 할머니가 미국에 가셨다는 얘기만 해도 그랬다. 미국은 엄청 넓다는데 어느 지역으로 가신 건지, 공항에 도착했을 때쯤에 전화하기로 한 건지 아니면 숙소에 도착했을 때쯤에 전화하기로 한 건지, 이런 사소한 것들이 궁금했다. 그렇지만 약속은 지켜야 하니까. 게다가 태오가 사랑하는 할머니와의 약속이니까.

통화를 하는 동안 참았던 화장실에 갔다. 볼일을 보고, 손을 씻고, 거울을 보았다. 그리고 깜짝 놀랐다. 거울 속 저 예쁜 여자아이는 누구지? 나는 배시시 웃었다. 거울 속 예쁜 여자아이도 따라 웃었다. 미소가 예뻐서 핸드폰으로 사진을 찍었다. 착각이 아니었다. 사진도 엄청나게 예쁘게 나왔다.

침대에 누워 우리가 한 통화를 곱씹었다. 아! 녹음해 둘걸. 그렇지만 나는 태오가 한 말들을 다 기억할 수 있다.

사거리 편의점 앞에 있는 인형 뽑기 기계에서 인형을 두 개나 뽑았다는 거, 하나는 판다, 하나는 펭귄 인형이었다는 거, 판다는 자기가 갖고 펭귄은 할머니 드렸다는 거. 좋아하는 것은 요거트 아이스크림과 여름날 소나기와 야구와 축구. 롯데와 블루윙즈의 팬이며, 학교 뒤편 세 번째 벤치에 앉으면 기분이 좋아진다고 했다. 태오는 얼마 전 클래식 연주회에 다녀온 이야기도 들려주었다. 클래식은 잘 모르지만 익숙한 곡 위주로 조금씩 듣는다고 했다.

우리 둘 사이에는 공통점이 많았다. 태오도 나처럼 겨울을 좋아하고, 영화에 잔인한 장면이 나오면 2배속으로 돌려 본다고 했다. 볼펜 굵기에 대한 생각도 정확히 일치했다. 필기할 때 무난한 건 0.5밀리, 정말 잘 쓰고 싶을 때는 0.7밀리, 바삭바삭 종이 긁히는 느낌이 좋은 건 0.3밀리라는 거.

행복이 부풀어 올라 심장이 터질 것 같았다. 살면서 누구와도 이렇게 길게 이야기해 본 적이 없었다. 어른들에게는 용건만 간단히, 친구들에게는 헛소리를 내뱉지 않기 위해 말을 가려서 해야 했으니까.

그런데 태오와 통화할 때의 나는 하고 싶은 말을 다 했다. 거리낄 게 없었다. 우리는 세 시간 칠 분 동안 쓸데없는 이야기와 진지한 이야기, 온갖 헛소리를 늘어놓으면서 즐거워했다. 말이 잠깐 끊겼을 때조차 어색하지 않았다. 나는 말을 고르면서 희미하게 들려오는 태오의 숨결을 느꼈다.

이런 게 사랑일까? 내가 하는 말을 태오가 듣고, 태오가 하는 말을 내가 듣는 사이에 내 존재가 차츰차츰 고양되는 느낌이었다.

허무주의자들은 말한다. 영혼은 인간이 만든 픽션이라고. 죽으면 다 끝나는 것, 전원이 꺼지듯 내 존재가 훅 사라지는 것이라고. 인생은 그렇게 부질없는 것이니 맛있는 음식 많이 먹고, 여행 실컷 다니고, 돈이나 펑펑 쓰며 사는 게 최고라고. 나도 그런 줄 알았다.

하지만 태오를 좋아하고 나니 세상이 다시 보인다. 인생은 그렇게 허무하지도, 부질없지도 않다. 사랑을 하면 일 분, 일 초, 매 순간이 의미로 풍부해진다. 시간은 그저 하염없이 흐르는 게 아니었다.

우리는 인생이라는 멋진 축제에 초대받은 사람들이고, 결국 사랑하는 자들이 축제의 주인이 된다.

잠이 안 와서 책상에 앉았다. 사실 전부터 밍글에 글을 올리고 싶었다. 태오가 나를 좋아하는 게 맞는지 확인받고 싶어서. 그런데 몇 번이나 제목을 쓰다가 포기했다. 이 긴긴 이야기를 단 몇 줄로 요약하는 게 불가능할 것 같았다.

실은 글까지 써서 확인할 필요도 없다. 확신한다. 대학교 정문 앞, 마을버스에서 내려 마주친 순간부터 내내, 태오의 눈에는 내가 가득했다. 말로는 설명할 수가 없다. 사랑에 빠졌을 때 사람들의 감정은 제각기 무늬가 다르고, 그렇게나 다른 감정이 흘러가는 방향을 타인은 알기 어려우니까.

서로 좋아하면 어떻게 되는 걸까? 고백하면 되나? 그럼 사귀는 건가? 하지만 고백이라는 허들이 내게는 너무 높아 보였다. 왜지? 차일까 봐? 그럴 수도 있고, 아닐 수도 있다. 그렇다면 태오에 대한 확신은 나의 바람이나 소망이 만들어 낸 착각인가? 모르겠다. 긴 통화를 하는 동안 나는 끝내 물어보지 못했다. 태오에게 정말 궁금했던 것들을.

1. 태오가 스트레이트 노 체이서의 〈Text me Merry Christmas〉를 벨소리로 한 이유가 뭘까? 이것만 확인하면 우리는 정말 운명이 맺어 준 커플이 될 것 같은데 말이다.

2. 유찬이가 손금 봐 줄 때, 태오는 왜 아이를 셋 낳고 싶다고 했을까? 내가 아이를 셋 낳을 거라고 해서? 나중에 나랑 결혼하고 싶어서? 그게 아니면 굳이, 콕 집어서 셋 낳고 싶다고 말할 이유가 없는 거 아닌가?

이런 걸 물어볼 분위기가 아니기도 했지만, 혹시 태오가 벨소리는 우연이고 아이 셋은 그냥이라고 대답할까 봐 두려웠다.

결국 나는 밍글에 질문을 올렸다.

짝남 마음 어떤 거 같아?

짝남이 나랑 벨소리가 같은 걸 알게 됐어. 유명하지 않은 곡이야. 근데 짝남이 저번에 내가 그 노래를 흥얼거리는 걸 들은 적이 있거든?

  1. 짝남이 나를 좋아해서 벨소리를 맞춘 거.
  2. 그냥 우연임.

손금 얘기까지 같이 쓰려고 했는데, 그러면 글이 길어질 것 같았다. 긴 글에는 댓글이 잘 안 달린다. 새벽 세 시가 넘었다. 이 시간에 글 올려 봤자 읽는 사람도 별로 없을 텐데. 생각을 멈추고 그만 잘까 싶었다. 세수를 하고 오니 그새 조회 수가 47이 되었다. 주말이라 늦게 자는 사람들이 많은가. 1번이 둘, 2번이 일곱이었다.

결국 내가 착각하고 있다는 거군. 이럴 줄 알았지. 내가 글을 잘못 썼다. 손금 얘기까지 같이 쓸걸 그랬다. 세 시간 칠 분 동안 통화했다는 말도 붙였어야 했는데. 솔직히 관심 없는 애랑 어떻게 세 시간이 넘게 통화하겠어? 나는 투표 결과는 무시하고 고백을 어떻게 하는지나 찾아보기로 했다.

고백해도 되는 타이밍

  1. 눈이 자꾸 마주침. 가끔 빤히 쳐다봄.

2. 선톡 옴. 연락하면 칼답.

3. 대화가 안 끊김. 리액션 장난 아니고, 이모티콘 많이 씀.

4. 다른 사람 껴서라도 만날 핑계를 만들고, 따로 만나자고 함.

5. 개소리 늘어놔도 무조건 웃어 줌.

6. 걸을 때 손등이나 몸이 부딪히는 일이 자주 생김.

7. 고백해도 차이겠다는 생각이 안 듦.

이 글에는 꽤 많은 댓글이 달려 있었다.

↳ 누가 이거 몰라서 고백 안 하는 줄 아냐? ㅠ

↳ 우리 무슨 사이야? 이 질문 나올 때까지 고백 금지야. 고백은 확인할 때나 하는 거.

↳ 칼답은 시간 많아서, 약속은 심심해서, 이모티콘은 습관임. 눈 마주치면 웃어 주고 사근사근하게 대해 준다고 고백하지 말기.

↳ 찐따는 밥 몇 번 먹고 칼답 좀 받고 친절하게 대해 주기만 해도 결혼까지 망상함 ㅋㅋㅋ 고백 공격 후 차이면 돌변 주의. 조심해라~

↳ 맞아! 고백이 공격 되는 거 진짜 순식간이다.

헉 소리가 절로 나왔다. 이게 현실이구나. 무턱대고 고백했으면 큰일 날 뻔했다. 태오한테서 선톡이 온 적이 있던가? 동아리 모임 말곤 따로 만난 적도 없었다.

물론 약간의 호감만 가지고도 고백할 수 있다. 태오가 아니라고 하면 마음을 접으면 되니까.

그런데 내가 태오를 아주 많이 좋아하는 것 같다. 그렇게 섣불리 고백할 수가 없었다. 덜컥 고백했다가 차이면 지금보다 못한 관계가 될 수도 있으니까. 그건 싫었다. 지금은 친구로 지내면서 서로를 알아 가는 단계겠지. 고백할 때가 아니고. 모든 일에는 때가 있는 거니까.

현서

"죄다 휴교라는데 우리는 뭐냐?"

루리가 말했다. 태풍 때문에 휴교를 하거나 단축 수업을 하는 학교가 많다고 했다. 태풍은 기가 막히게 우리 지역만 쏙 피해서 지나갔다.

"나라도 좁은데 날씨는 다 달라. 일기 예보 틀릴 때도 많고. 날씨가 미쳐서 이제 예측을 잘 못하는 것 같아."

"맞아. 내 마음이 그래. 나도 내 마음을 잘 모르겠어. 좋았다가, 나빴다가, 태풍이 왔다가, 금방 맑아지고. 엄마가 나더러 변덕쟁이래. 도무지 나를 예측할 수가 없대."

루리가 히히 웃으며 장난스럽게 말했다. 이제 루리는 예승이 무리를 전혀 신경 쓰지 않는다. 표정도 많이 밝아졌다.

기말고사가 끝난 이후로 매일 비가 내렸다. 장마철이다. 바깥에 비가 오니 급식실이 아늑하게 느껴졌다. 루리와 나는 엄청 친하지는 않지만, 급식 메이트로 잘 지내고 있다.

"어젯밤에 전 남친한테서 전화 왔었다?"

루리가 젓가락으로 콩자반을 깔짝대며 말했다. 무심한 목소리였다.

"정말? 왜? 왜 전화했대?"

"그냥 했대. 미췬. 전에도 몇 번 했었어. 처음에는 나한테 미련이 남았나 싶었는데, 아니더라. 이 자식이 예승이랑 싸우면 나한테 전화하더라고."

"와, 미친 거 아니야? 전화해서 뭐라고 하는데?"

"그냥 아무 말. 피시방에서 게임 중인데 무슨 티어를 달았다나? 미친. 축하해 달래. 나 참 어이없어서. 그래, 좋겠다, 했더니 편의점에서 컵라면 사 준다고 나올 수 있냐고 하더라."

"인간이냐? 그래서?"

"싫다고 했지. 내가 미쳤다고 나가겠어? 컵라면 못 먹고 죽은 귀신이 붙은 것도 아닌데."

"걔 진짜 쓰레기다. 바람피우다가 걸린 주제에 전화를 왜 해? 미안하다는 소리는 했고? 와, 진짜. 루리야! 이제 그런 전화 받아 주지 마. 그냥 차단해."

"차단하는 것도 귀찮아."

루리가 생글생글 웃으며 말했다. 승자의 여유 있는 표정이었다.

급식실 앞에서 루리와 헤어졌다. 나는 비가 오는 운동장을 돌아 강당으로 갔다. 5교시에 강당에서 드론 진로 특강이 있었다. 신청한 사람만 듣는 거였는데, 단톡방에서 현서가 많이 참여해 달라고 해서 태오와 나도 신청한 거였다. 학생회 임원인 현서는 이런저런 학교 행사에 관심이 많았다.

아직 시작종이 안 울렸는데도 벌써 많은 아이들이 앉아 있었다. 저쪽에 태오와 현서가 나란히 앉아 있는 게 보였다. 둘이 뭔가를 열심히 얘기하다가 나를 발견한 태오가 손을 흔들었다. 나도 손을 들어 인사하며 그쪽으로 쪼르르 달려갔다. 태오 옆에 앉고 싶었지만 거기에는 이미 현서가 앉아 있어서, 나는 현서 옆자리에 앉았다. 태오와 나 사이에 현서가 앉은 셈이었다.

5교시 시작종이 울렸다. 드론 팀이 등장했고, 연단에 오른 강사는 스크린에 띄운 PPT를 가리키면서 비행 원리니 자격증 같은 걸 설명했다. 나는 현서 옆에 앉은 태오를 힐끗 쳐다보았다. 태오는 강사의 말을 열심히 듣고 있었다.

강사가 드론을 날려 보고 싶은 학생은 손을 들라고 했다. 현서가 손을 번쩍 들었다. 그러더니 옆에 앉은 태오를 쳐다보았다. 태오도 손을 들었다. 나는 손을 들지 않고 가만히 앉아 있었다. 강사가 손 든 학생들은 앞으로 나오라고 했다. 현서가 태오더러 같이 나가자고 했는데 태오가 잠깐만, 카톡 답장 좀 하고, 대답하면서 미적거렸다. 결국 현서는 먼저 나가 줄을 섰다.

"너는 안 나가?"

자리에서 일어나며 태오가 물었다.

"나는 손 안 들었어. 그냥 앉아서 구경할래."

내 말에 태오는 고개를 갸웃하더니 설렁설렁 앞으로 걸어갔다. 벌써 줄이 길어서 태오는 자기 반 아이들과 함께 한참 뒤쪽에 섰다.

줄 앞에 선 애들부터 드론을 날리기 시작했다. 드론이 강당 안을 날아다니자 아이들이 와, 하고 소리를 질렀다. 처음에는 신기했는데 금세 지루해졌다. 다들 비슷한 생각이었는지 손을 들지 않은 나머지 아이들은 졸거나 동태 눈깔을 한 채로 멍청히 앉아 있었다. 나도 그중 하나였다.

내 시선은 드론보다 뒷줄에 서 있는 태오를 쫓아갔다. 태오는 반 친구들과 얘기하면서 웃기도 하고 툭툭 치기도 하면서 차례를 기다리고 있었다. 현서는 줄 중간쯤에 있었다. 그런데 갑자기 태오가 줄에서 빠져나와 이쪽으로 걸어왔다. 뭐지? 별일도 아닌데 얼굴이 달아올랐다. 태오는 성큼성큼 내 옆자리로 다가와 앉았다. 아까 현서가 앉았던 자리다.

"포기! 내 차례까지 오려면 날 샐 듯."

태오가 나를 보며 씩 웃길래 나도 웃었다. 태오와 나는 나란히 앉아 다른 애들이 드론 날리는 걸 구경했다. 사실 드론을 날려 볼 게 아니면 지루한 행사였다.

"봐 봐. 이 염소 표정 웃기지?"

잠시 후 태오가 핸드폰을 보여 주며 이렇게 말했다. 새끼 염소를 안은 남자의 엉덩이를 들이받는 어미 염소 영상이었다. 드론보다 백 배는 재미있었다. 태오와 나는 영상을 보며 키득키득 웃었다.

내가 재미있어하자 태오는 다른 영상을 더 보여 주었다. 귀엽거나 웃긴 영상들이어서 우리는 내내 키득거렸다. 특강이 끝날 때까지 계속 그렇게 핸드폰에 고개를 박고 있었다. 1반 담임이 뒤에서 어슬렁거렸지만, 시끄럽게 떠드는 남자애들에게만 주의를 줄 뿐이었다.

문득 얼굴이 따가웠다. 드론 체험을 마친 현서가 이쪽으로 걸어오고 있었다.

"어때? 재미있었어?"

태오가 해맑은 표정으로 물었다.

"완전! 안 했으면 후회했을 거야. 태오 너도 하지 그랬어."

"에이, 그러게 말이다. 내가 인내심이 좀 없어서."

태오가 대꾸했다. 현서는 태오 옆자리에 앉았다. 아까와 달리 이번에는 현서와 나 사이에 태오가 앉은 자리 배치였다. 하긴 지정석도 아니니, 앉는 사람 마음이다.

특강은 6교시까지였는데 조금 일찍 끝났다. 강당을 나오니 그새 비가 그쳐 하늘이 말갰다.

우리는 복도에서 헤어져 각자의 교실로 갔다. 헤어질 때 손인사를 했는데, 현서는 나를 외면했다. 강당에서부터 오는 내내 그랬다. 뭔가 기분 나쁜 일이 있는지 현서는 표정도 안 좋고, 말도 없었다. 눈치가 둔한 태오만 혼자 이런저런 농담을 늘어놓았다.

교실에 들어오니 이미 담임이 교단 앞에 서 있었다. 예승이 무리는 벌써 가방까지 메고 앉아 있었다. 종례는 금방 끝났다. 가방을 챙겨 교실에서 나오는데 주머니에서 진동이 느껴졌다.

> 오늘 시간 돼? 학원 몇 시에 가?
> 잠깐 볼 수 있어?

현서가 보낸 메시지였다. 웬일이지? 현서가 내게 따로 보자고 한 건 처음이다.

현서와 나는 빙수집에서 만났다. 학원 선생님한테는 학교 활동이 길어져서 못 간다는 문자를 보냈다. 잠깐 보자고 했으니 금방 끝날 수도 있지만, 처음으로 현서가 둘이 만나자고 했는데 시간을 자꾸 확인하면 좀 그럴 것 같았다. 뭐, 학원에 가기 싫기도 했고. 과외와 학원 일정이 나보다 훨씬 빡빡한 현서는 무슨 핑계를 댔을까? 아닌가? 나랑 잠깐 만나고 나서 곧장 학원으로 가는 건가?

"떡볶이도 먹을래?"

키오스크 화면을 보며 현서가 물었다. 나는 좋다고 했다. 우리는 구슬 빙수랑 떡볶이를 주문하고 구석 자리로 갔다.

"학원은 어떻게 했어?"

현서가 물었다.

"쨌지, 뭐."

"아, 미안."

"미안할 거 없어. 나 학원 잘 빼먹어. 현서 너는 괜찮아?"

"난 괜찮아. 과외 있는데, 저녁 일곱 시야."

그렇구나. 나는 고개를 끄덕였다. 잠시 침묵이 흘렀다. 늘 다 같이 만나다가 현서와 단둘이 있으니 약간 어색했다. 대체 무슨 얘기를 하려고 그러는 거지? 다행히 빙수와 떡볶이가 금방 나왔다.

"너, 나 안티 많은 거 알아?"

숟가락을 들며 현서가 말했다. 안티라고? 안티는 내가 많지.

이렇게 말하려다가, 어쩐지 그 순간 내가 현서랑 레벨이 다르다던 예승이의 말이 떠올라서 꿀꺽 삼켰다.

"아니, 몰라. 너 안티 있어?"

빙수를 떠먹으며 내가 말했다. 떡볶이와 빙수의 조합은 환상적이었다. 나는 신나게 먹기 시작했다.

"나는 원래 안티를 몰고 다녀. 늘 그랬어. 주변에 시기하고 질투하는 사람이 너무 많아. 내가 망하기를 간절하게 바라는 사람이 있다는 게 어떤 기분인지 알아? 초등학교 때부터 그랬어. 지민아, 혹시 학기 초에 2층 화장실 첫째 칸에 있던 낙서 본 적 있어?"

"아니, 못 봤어."

"이런 낙서였어. 조현서 죽어라!"

"뭐라고? 진짜? 미친 거 아냐?"

"굉장히 무섭더라. 무섭고 슬펐어. 내가 죽기를 바라는 사람이 있다는 게……. 내가 그 정도로 싫은가? 내가 뭘 잘못했는데?"

"현서야! 아닐 거야. 알잖아. 악플 다는 사람들 잡고 보면 그냥 심심풀이인 거. 신고는 했어?"

"신고해 봤자 뭐 해. 학교 안에는 CCTV도 없잖아. 하여간 내가 무너지면 고소해할 애들이 엄청 많아. 난 이런 학교에서 즐거운 척, 행복한 척하고 살아."

현서가 숟가락을 든 채 말했다. 단정한 말투. 현서는 웬만해서는 헛소리를 하지 않는다.

"나는 조금도 실수하면 안 돼. 무너져도 안 돼. 호시탐탐 나를 노리는 안티들한테 먹잇감을 던져 줄 수는 없잖아. 매일매일 전쟁을 치르는 것 같아."

현서는 빙수를 맛만 살짝 보고는 떡볶이에는 손도 대지 않았다. 마음이 아팠다. 현서가 이런 생각을 하며 사는 줄은 꿈에도 몰랐다.

"어휴, 어떡해."

상상한 적도 없는 이야기를 들으니 무슨 위로를 건네야 할지 갈피를 잡을 수 없었다. 불쌍한 현서를 어떻게 하나? 내가 도와줄 방법은 없는 걸까?

"지금은 괜찮아. 초등학교 5학년 때가 최악이었어. 그때도 견뎠는데, 이 정도 안티는 껌이지 뭐."

"초등학교 5학년 때?"

"응. 그땐 반 애들도 최악, 담임도 최악이었어."

현서가 눈을 내리깐 채 말했다. 남부러울 것 없는 집안에서 잘 살아온 현서에게 최악인 상황은 어떤 걸까? 개찐따 허언증 딱지가 따라다녔던 나랑은 다른 차원이겠지?

"초등학교 5학년 때는 담임이 제일 나빴어. 정말 이상한 선생이었다? 약자는 무조건 옳고 강자는 나쁘다는 편견이 강했어. 그때 나는 반장이었는데, 살다 살다 반장 미워하는 담임은 처음 봤어. 하여간 우리 반에 나를 심각하게 괴롭히던 애가 있었어. 어느 정도였냐면, 지금 생각해 보면 제대로 학폭이었는데."

아픈 기억이 떠올라서인지 현서는 잠시 말이 없었다.

"그 애가 기초 생활 수급자였어. 아빠가 감옥에 갔나 그랬을 거야. 그 애한테서는 늘 냄새가 났어. 노숙자 같은 냄새. 여자애가 씻지도 않고 다녀. 집에서 씻기 싫으면 학교 화장실에서라도 좀 씻으면 되잖아. 하여간 이게 중요한 게 아니고. 지민아, 나는 편견이 없어. 내가 왜 약자를 무시하겠어? 나 그런 사람 아니야. 오히려 반대지. 나는 사람 위에 사람 없고, 사람 아래 사람 없다는 신념을 갖고 산다고. 그런데 걔가 걸핏하면 나한테 시비를 걸었어. 자기가 가까이 가기만 하면 냄새난다고 내가 인상을 쓴다는 거야. 아니라고 말해도 자기 말이 옳다고 막 우겨. 그냥 싸우자는 거지. 그래서 걔랑 나랑 싸우면 정신병자 같은 담임은 어떻게 했는지 알아? 무조건 걔 편을 들어. 내가 먼저 걔를 무시해서, 걔가 너무너무 억울하니까 나한테 그런 말을 한 거래. 지민아, 나 진짜 걔 무시한 적 한 번도 없거든?"

"알지. 현서 너 누굴 무시하고 그런 사람 아니잖아. 그 담임 아무래도 미친 거 같다. 자세히 알아보지도 않고 왜 그랬대?"

"내 말이."

"학폭에 올리지 그랬어. 부모님한테 말은 했어?"

"했지. 아빠가 너무 화가 나서 담임이 한 말을 싹 다 녹음하라고 했어. 교육청에 말해서 담임 자를 거라고. 그런데 있잖아, 엄마 아빠가 너무 펄쩍 뛰니까 말을 더 못 하겠더라. 뭐라고 콕 집어서 말할 수는 없는데, 그게 합리적인 대책이 아닌 거 같았거든. 담임이 한 말을 꼭 녹음까지 해야 하나? 그렇게까지 할 이유가 있어? 나는 차라리 전학을 보내 달라고 졸랐어. 근데 부모님은 이사는 안 된다는 입장이었거든. 이 동네에 아빠 건물도 있고, 사업을 이 동네에서 시작해서 여길 뜨면 재운이 사라진다고 그랬대. 엄마 단골 점쟁이가. 그래서 정 힘들면 유학 가는 게 어떠냐고 하는 거야. 근데 초딩이 외국에서 혼자 어떻게 살아? 무섭지. 아니면 어디 기숙사 있는 학교로 전학 가는 방법도 있다고 했는데, 그냥 다 무섭고 캄캄했어. 정말 죽고 싶더라. 그때 태오가 전학 온 거야. 우리 반으로."

맞다. 태오가 초등학교 5학년 때 우리 동네로 전학 왔다고 했지.

"태오가 전학 오지 않았더라면 나는 죽었을 거야. 태오는 내 인생의 구세주야."

"구세주?"

"응. 태오가 냄새나는 그 애한테 좀 잘해 줬어. 걔가 너덜너덜한 실내화를 신고 다녔는데, 근데, 기초 생활 수급자는 그거 신청하면 나올걸? 걔가 사납기만 하지 원래 좀 멍청하고 생각이 없는 애야. 하여간 하루는 태오가 실내화를 사 들고 와서 이거 원 플러스 원으로 사서 하나 남았는데 가질 사람! 이렇게 말한 거야. 어떤 남자애가 손을 드니까 너는 사이즈가 안 맞는다면서 냄새나는 그 애한테 너 가질래? 이러더라. 만약에 내가 줬으면 자기 무시하냐고 실내화를 패대기쳤을 텐데, 잘생긴 전학생이 주니까 못 이기는 척 받더라. 그리고 태오가 문화 누리 카드인가? 아무튼 그런 것도 알려 줘서 걔가 그걸로 참고서도 사고 영화도 보고 그랬거든. 그러니까 걔가 태오한테는 뭐 이것저것 물어보기도 하고 그랬어. 둘이 친했던 건 아니고 그냥 알고 지내는 반 친구 정도 사이였는데, 그것도 대단한 거지."

"근데? 걔랑 태오가 잘 지낸 게 뭐? 태오가 왜 구세주야?"

"걔가 좀 변했지. 학교 올 때 매일 씻고 오더라. 옷도 깨끗하게 세탁해서 입고. 그리고, 그 일이 있었다. 걔가 또 무슨 일로 나한테 시비를 걸었어. 걔는 나랑 눈만 마주쳐도 내가 자기 무시한다고 지랄했거든. 그때 태오가 나서서 걔한테 차분하게 말했어. 현서가 너 무시한 거 아니라고, 내가 다 봤다고. 그랬더니 걔가 찍소리도 못 하는 거야. 그다음부터는 한 번도 시비를 안 걸었어. 세상에! 우리 엄마 아빠도 못 하던 걸 태오가 해

낸 거야. 태오가 나를 지옥에서 구해 줬어."

"구세주 맞네."

이 말이 자동으로 튀어나왔다.

"그런데 알면 알수록, 보면 볼수록 태오가 진짜 괜찮더라고. 살면서 태오 같은 사람을 본 적이 없어. 얘는 1급수에나 있을 인간 천연기념물이야."

네 말이 맞다고 맞장구를 치고 싶었으나 기분이 묘했다. 현서는 지금 이 이야기를 왜 하는 거지? 어떤 예감이 서늘하게 뒤통수를 때렸다.

"그 많은 안티 속에서 내가 어떻게 살아남았겠어? 안태오 없었으면 난 진작에 죽었어. 태오는 신이 나에게 보내 준 멘탈 지킴이야. 자존감 지킴이, 내 존재 지킴이. 나는 태오 없이 살 수 없어."

현서야, 나도 그래. 그렇지만 나는 아무 대꾸도 하지 않았다.

"태오가 백마 탄 왕자님처럼 나를 지켜 준다는 의미가 아니야. 나는 내가 존경할 수 있는 사람이 좋거든. 잘생겨서 좋고, 나한테 잘해 줘서 좋고, 뭐 이런 감정은 금방 변해."

"왜?"

"아무리 잘생기고 아무리 나한테 잘해 주는 사람이어도 그 사람에 대한 존경심이 없으면 오래 못 간대. 감정도 계절처럼 변하는 거라고. 지민아, 있잖아. 나는."

현서는 잠시 말을 멈추고는 물을 한 모금 마셨다.

"나는 사람 보는 기준이 너무 까다롭다? 다른 사람들 단점이 너무 잘 보여. 이거 사람 미치게 하는 불치병이야. 주변에 롤 모델이나 존경할 사람이 없어서 그렇게 된 거 같아. 이런 말 하는 거 살면서 두 번째인데, 있잖아."

현서는 목이 타는 듯 물을 벌컥벌컥 마셨다.

"나는 어릴 때, 엄마 아빠가 좀 창피했어. 엄마 아빠가 말을 좀 함부로 하거든. 저질스러운 말도 잘하고, 욕도 달고 살았어. 남들한테 저렇게 막말해도 되나? 싶을 만큼."

하마터면 정말? 하고 내뱉을 뻔했다. 자기 부모에 대해 저렇게 말하다니 놀라웠다. 다른 누구도 아닌 조현서가 말이다.

"그리고 입만 열면 돈, 돈 하는 게 사람이 좀 천박해 보였나 봐. 다들 사장님 하면서 엄마 아빠한테 굽신거리는데, 뭐랄까, 그 모습이 슬프기도 하고 짜증 나기도 하고 그랬어. 저 사람들 엄마 아빠를 좋아하지도 않으면서 저러는구나. 어린 내 눈에도 다 보였거든. 속으로는 이런 생각을 하면서 겉으로는 엄마 아빠 말 잘 듣고, 친구들이랑도 잘 어울리는 내가 좀…… 비정상인가? 나 왜 이렇게 이중적이지? 이런 생각을 하면서 살았어. 태오를 만나기 전까지는. 태오랑 친해지면서 내가 비정상이 아니라는 걸 알게 됐어. 태오가 나더러 생각이 깊대. 속이 깊어서 시선이 예민해진 거래. 내가 존경하는 아이가 나를 존중해 주니까 나 자신을 진심으로 받아들이게 되더라. 그러고 나니까 자존감도 생기고 엄마 아빠를 이해할 여유도 생겼어. 내 부모도 참 열심히 살았구나, 그러느라 사람을 존중하는 태도나 세련된 어법을 못 배웠던 거구나, 하고……. 내가 이렇게 너그러워진 건 다 태오 덕분이야. 그 아이를 보면서 생각해. 태오가 있어서 이 세상이 살 만한 거라고. 나도 잘 살아야겠다고."

여기까지 말하고 현서는 나를 물끄러미 바라보았다.

"태오는 이 세상에서 유일하게 내가 존경하는 사람이야. 태오 없는 인생을 한 번도 생각해 본 적이 없어. 나는 나중에 태오랑 결혼할 거야. 평생 태오랑 함께할 거야."

현서가 또박또박 힘주어 말했다. 이게 무슨 말이지? 현서가 한 말이 입력이 안 됐다. 머릿속이 진공 상태가 된 것 같았다. 나는 현서가 손도 대지 않은 떡볶이만 우걱우걱 먹었다. 현서와 마주 앉은 이 상황이 비현실적으로 느껴졌다.

현서가 조금 무서웠다. 조곤조곤 자기 얘기를 털어놓았을 뿐인데, 현서의 집요한 태도가 꼭 날 위협하는 것 같았다. 두려움이 나를 압도했다. 얼른 먹고 이 자리에서 일어나야겠다는 생각만 들었다.

나쁜 상상

 이 집에 이사 온 뒤로 장마철을 무사히 넘긴 적이 없다. 방학식 전날 밤, 내 방에 또 물이 새기 시작했다. 엄마는 거실에 나와서 자라고 했지만 싫다고 했다. 그나마 큼직한 양동이를 새로 산 덕분에 자다 깨서 빗물을 비우지 않아도 되었다.
 그렇지만 똑, 똑, 똑 빗물 떨어지는 소리에 잠을 설쳤다. 새벽에 부스럭거리는 소리가 나서 나가 보니 엄마가 설거지를 하고 있었다. 나는 반쯤 찬 양동이를 비웠다.
 "작년에 고치고 나서 백 년은 끄떡없을 거라며? 그런데 왜 또 비가 새는데?"
 엄마 뒤통수에 대고 말했다. 내 말에 엄마는 고무장갑을 벗으며 씩 웃었다.

"그러게 말이다. 집이 너무 낡아서 그렇다는데 어쩌겠어?"

우리 집에 문제가 생길 때마다 수리하러 오는 아저씨가 있는데, 그 아저씨는 늘 큰소리만 뻥뻥 친다.

"또 그 아저씨한테 수리 맡길 거야? 다른 사람한테 부탁하면 안 돼?"

내 말에 엄마가 내 눈을 지그시 쳐다보았다.

"조금만 참아. 이번 주인가 다음 주에 이 지역 공공 재개발 발표 나."

"그게 뭔데?"

"재개발해서 아파트 짓는 거."

"정말? 그럼 우리 아파트 살게 되는 거야? 부자 되는 거야?"

"부자까지는 아니고. 낡은 주택들 헐고 아파트 짓겠지. 우리는 아파트 입주권 얻을 거고. 그럼 너무 좋지."

"제발. 됐으면 좋겠다."

"그러게. 아빠랑 매일 기도하고 있다."

엄마가 활짝 웃었다. 아빠는 새벽 네 시쯤에 일찌감치 출근했고, 엄마도 후다닥 집을 나갔다. 등교하려면 시간이 좀 남았지만 다시 잠들기는 틀렸다. 나는 느릿느릿 냉장고에서 우유를 꺼냈다.

이 사람 저 사람 인스타를 구경하다 보니 시간이 금방 지나갔다. 마음이 무거웠다. 다음 주말에 동아리 모임이 있는데, 책만 빌려 놓고 아직 한 줄도 읽지 않았다. 그런데도 시간만 나면 책은커녕 핸드폰만 들여다보고 앉았다. 역시 핸드폰은 시간 도둑이다. 대충 세수만 하고 집을 나섰다. 장마철에는 냄새 날까 봐 하루에 두 번씩 샤워하는데, 오늘 아침은 패스다. 귀찮았다.

골목을 나오니 저 앞에 등교하는 아이들이 꽤 보였다. 나는 우산 위로 타닥타닥 내려앉는 빗소리를 들으며 천천히 걸었다. 아파트에 살게 될지도 모른다는 소식 때문에 반짝 좋아졌던 기분은 금세 가라앉았다.

현서가 태오랑 결혼할 거라고 말한 이후로 내내 이 모양이었다. 분노, 좌절, 우울의 파도가 나를 뒤덮었다. 그럴 수밖에. 세상 어떤 남자가 현서를 놔두고 나를 좋아할까? 현서랑 나는 잽도 안 된다. 이런 건 우리 동네 개나리 유치원 어린이들도 안다. 나도 안다. 아니까 슬픈 거다. 내가 인생에 거부당한 것 같아서.

학교 가기 싫다. 아무 버스나 타고 아무 데나 바람처럼 돌아다니고 싶다. 예쁜 등대가 서 있는 바다에도 가고 싶고, 대형 쇼핑몰에 가서 미친 듯이 쇼핑도 하고 싶다. 아니다. 제일 가고 싶은 곳은 할머니랑 살던 동네다. 그곳에 가서 비를 맞으며 자전거를 타고 싶다.

그런데 돈이 없구나. 그럴 용기나 배짱도 없다. 내가 그렇지 뭐. 할머니가 나를 잘못 키운 거 맞다. 주제도 모르고 나는 내가 꽤 괜찮은 아이인 줄 알았다.

화가 치밀었다. 가진 것 많고, 배짱도 두둑하고, 온몸으로 당당한 현서는 왜 하필 태오를 좋아할까? 자기를 좋아하는 남자 리스트를 만들면 백 명도 넘을 텐데, 꼭 태오여야만 했나? 그렇다고 현서한테 태오를 좋아하지 말라는 말을 할 수도 없다. 예컨대,

"내가 먼저 좋아했어. 그러니까 너는 좋아하지 마."

이런 대사조차 내 것이 아니다. '먼저' 태오를 좋아한 사람은 현서니까. 나는 그냥 탈탈 털렸다. 내 꿈, 열정, 사랑, 삶의 의욕까지 송두리째 빼앗겼다.

나쁜 상상이 내 영혼을 잠식했다.

멋진 주방에서 현서네 도우미 아줌마가 곰국을 끓이고 있다. 현서는 영단어를 외우며 주방에 들어선다. 아줌마 간식 좀 주세요, 말하겠지. 아줌마는 응, 하면서 무거운 들통을 들겠지. 왜냐? 곰국을 식혀서 기름을 걷어 내야 하니까. 그러려면 들통을 베란다로 옮겨야 한다. 아줌마는 들통을 베란다에 옮겨 놓고 현서에게 간식을 챙겨 줄 작정이다. 그때다. 아줌마가 들통을 들고 발걸음을 떼는 순간, 냉장고 문을 열던 현서와 탁! 부딪힌다. 뭐, 현서네 집에 가 본 적은 없지만 주방 구조가 그렇

다고 치자. 아무튼 그 큰 들통에 들어 있던 곰국이 주방 가득 쏟아진다. 몇 초 전까지 펄펄 끓던 곰국이. 그리하여 현서는 온몸에 화상을 입는다. 그러면 현서는 큰 수술을 받겠지. 어쩌면 얼굴에까지 화상을 입어서 성형 수술을 할 수도 있다. 그렇게 큰 수술을 받으면 학교에 오랫동안 못 나오겠지. 현서가 한 학년을 날릴 만큼 장기 결석을 하게 되면 얼마나 좋을까? 우리가 3학년이 될 때 현서는 2학년에 머물러 있으면 얼마나 좋을까?

이런 상상을 백 번도 넘게 했다. 상상할 때는 엄청나게 신났다.

여기서 끝나면 좋았겠지. 하지만 현실적으로 병문안은 가야 하지 않을까? 병문안 가서 침대에 누워 있는 현서를 보는 장면에 이르면 숨이 턱 막혔다. 기분이 더럽고 슬펐다.

아니, 치욕스러웠다. 나도 결국 현서가 망하기를 바라는구나. 이런 나쁜 상상을 하면서 나는 점점 삐뚤어지겠지. 태오를 좋아하면서 더 나은 사람이 되고 싶다고 생각했던 나와는 점점 더 멀어지겠지.

어쩌다 내가 이렇게 되었나. 하긴 나 찐따지. 본투비 개찐따. 우산을 확 집어던지고 싶었다.

그때였다.

"아주 기어가네. 그러다 지각하겠다."

뭐래? 이 재수 없는 목소리는? 돌아보니 윤도하가 내 옆에 바짝 다가와 있었다.

"남이사. 기어가든 날아가든 니가 뭔 상관? 왜 친한 척하고 난리야?"

나는 걸음을 멈추고 이렇게 쏘아붙였다.

"친한 척한 거 아닌데?"

윤도하는 능글맞게 웃으며 내 옆을 지나갔다. 미친놈. 천하의 개찌질이. 이게 나의 현실이다. 내 주변에는 윤도하 같은 놈들만 꼬인다.

방학식은 2교시에 끝났다. 담임이 교실을 나가는 동시에 아이들이 우르르 교실을 빠져나갔다. 나는 루리 옆자리로 다가가 앉았다. 같이 가자고 해 놓고 루리는 너무나 늑장을 부렸다. 하긴 방학 날이니 챙길 게 많을 거다.

가방을 다 챙긴 루리와 함께 교실을 나왔다. 루리는 방학 때 제주도로 여행 갈 거라고 했다.

"좋겠다."

나는 심드렁하게 대꾸했다.

그새 비가 그쳤다. 현관을 나서니 하늘이 말갰다. 교문을 향해 천천히 걷는데, 갑자기 루리가 내 팔을 확 잡아끌었다. 루리가 주차장 쪽을 눈짓했다. 예승이가 보였다. 예승이 옆에는 예승이랑 친한 애들과 예승이 남친도 있었다.

"쟤가 네 전 남친이지?"

내가 물었다.

"맞아. 지금은 예승이 남친."

루리가 대답했다. 어쩐지 신난 목소리였다.

"쟤들 뭐 하나?"

"저 자식 예승이네 애들한테 혼나는 거 같은데?"

루리 말을 듣고 보니 그런 듯 보였다. 예승이 무리가 다그치는 분위기였고, 예승이 남친은 쩔쩔매는 거 같았다.

"왜 혼나?"

"또 바람피웠겠지, 뭐. 쌤통이다."

루리가 키득키득 웃으며 말했다.

토요일 오전에 고전을 걷다 동아리 모임이 있었다. 우리가 읽기로 한 책은 강경애의 『인간 문제』였다. 나는 동네 도서관에서 빌린 이 책을 끝내 읽지 못했다.

약속 시간보다 십 분 늦게 카페에 도착했다. 현서와 나란히 앉은 태오가 2층으로 올라온 나를 발견하곤 손을 흔들었다. 나는 둘 맞은편, 유찬이 옆자리에 앉았다.

"그냥 단톡방에 공유하면 되지, 굳이 출력까지 해 오고 그러냐?"

태오가 내민 발표문을 받아 들며 유찬이가 말했다.

"유찬이 너 시력도 나쁜데 작은 핸드폰 화면으로 보게 할 수는 없잖아."

"노트북으로 보면 되는데?"

유찬이가 장난스럽게 대꾸했다. 카페라 그런지 분위기가 어수선했다.

"『인간 문제』는 1934년 8월 1일부터 12월 22일까지 《동아일보》에 연재된 소설이라고 해. 나는 도서관에서 빌렸는데, 읽다 보니까 밑줄 치고 싶은 대목이 여러 군데 있더라고. 그래서 결국 서점에서 샀지. 자, 구경들 해."

태오가 책을 꺼내 놓으며 말했다.

"다들 읽었겠지만, 내가 간단하게 발표하고 나서 각자 토론하고 싶은 주제에 대해 말해 보자. 나는 읽으면서 1930년대 상황이 생각보다 더 비참해서 놀랐어. 하긴 옛날이니까 뭐. 그런 상황에서 인간다움이라는 게 뭔지, 작가가 말하고 싶었던 건 이런 거겠지? 나는 이 소설에서 가장 놀랐던 게 뭐냐면, 가난하고 비참한 인물들이 마냥 선하게 그려지지 않는다는 거였어. 보통 가난하고 선량한 주인공, 사악하고 나쁜 지주 이런 구도잖아. 그런데 주인공 선비 엄마는 불쌍한 자기 딸한테 이년 저년 욕이나 하고, 첫째도 뭐, 술주정뱅이에 남의 집 쌀이나 훔치고."

태오가 여기까지 말했을 때 유찬이가 끼어들었다.

"잠깐! 선비한테 여동생이 있어?"

유찬이의 질문에 태오가 프린트물을 든 채 허탈하게 웃었다.

"야!"

"왜?"

"너 책 안 읽었지?"

"앗, 들켰네."

유찬이가 실실 웃으며 대꾸했다.

"책 안 읽었으면 내가 정리해 온 거라도 좀 꼼꼼히 읽든가. 여기 봐 봐, 내가 맨 위에 등장인물 소개해 놨잖아."

"그러네. 근데 야, 웃기다. 선비는 보통 남자잖아. 여자 주인공 이름이 선비가 뭐냐, 선비가. 헉! 첫째도 이름이었어? 첫째, 둘째가 아니라 이름이 첫째? 와, 옛날에는 자식 이름을 진짜 막 지었구나."

"유찬아. 책을 안 읽었으면 잠자코 듣는 시늉이나 해."

"내가 궁금한 걸 못 참아서 그래. 네가 이해해."

유찬이가 깐죽거리며 말하자 태오도 고개를 저으며 웃었다. 그때 현서가 손을 들었다.

"나도 다 못 읽었어. 앞부분만 조금 읽다 말았어. 기말이랑 수행 때문에 바빴고, 과외 샘이 숙제를 너무 많이 내 줘서."

현서까지 이렇게 나오자 태오가 나를 슬쩍 쳐다보았다. 나는 그냥 웃기만 했는데, 태오는 다 알겠다는 눈빛이었다.

"하긴, 방학한 지 며칠 되지도 않았는데 오늘로 모임 잡은 건 무리였어. 게다가 장편 소설이잖아. 저번엔 짧아서 금방 읽었는데."

프린트물을 탁자에 내려놓으며 태오가 말했다.

"맞아. 너무 길어서 엄두가 안 났어. 게다가 유명하지도 않은 책이잖아. 나 이 책 구하느라 얼마나 힘들었는지 아냐? 학교 도서관에는 이 책이 없는 거야. 동네 도서관은 대출 중이고. 할 수 없이 누나한테 부탁해서 대학 도서관에서 빌렸어."

"그래서? 어렵게 구한 책을 읽지도 않았어? 장하다, 이유찬. 그리고 우리 원래 안 유명한 것만 골라 읽었잖아."

"그건 그렇지."

유찬이가 고개를 끄덕였다. 표정이 마냥 천진했다. 하는 수 없이 태오가 준비해 온 발표문을 읽은 뒤에 줄거리를 요약해서 말해 줬다.

"재미있을 것 같다. 꼭 읽어 볼게."

태오의 말을 들은 유찬이가 말했다. 진심 어린 말투였다. 나도 속으로 유찬이와 같은 생각을 했다. 나중에라도 꼭 읽어야지. 그래서 태오한테 소감을 말해 줘야지.

"우리가 동아리를 좀 급하게 만든 감이 있어. 인터넷에서 발견한 건데 예를 들어, 아! 잠깐만. 내가 메모해 둔 게 있어."

현서는 이렇게 말하더니 핸드폰을 꺼냈다.

"이런 거야. 인간이란 무엇인가, 국가란 무엇인가, 역사란 무엇인가, 경제는 누가 움직이는가, 이런 큼직큼직한 주제에 맞는 고전을 찾아 읽는 거야. 인터넷에 커리큘럼 좋은 게 많더라고. 예를 들어 인간이란 무엇인가에 대한 질문은 톨스토이의 『사람은 무엇으로 사는가』를 읽으며 토론할 수 있잖아. 경제란 무엇인가는 애덤 스미스 책 같은 거 읽어 볼 수도 있고."

"잠깐, 잠깐! 우와, 현서 너 진짜 아는 거 많다. 완전 리스펙. 근데 좀 봐주라. 네가 말한 것들 너무 어려워. 난 수준 안 돼서 못 따라갈 듯. 난 세상 모든 진리를 알고 싶진 않아. 그냥 유명한 고전 몇 권만 읽고 잘난 체하며 살고 싶어. 그 이상은 용량 초과야."

현서의 말에 유찬이가 제동을 걸었다. 유찬이가 유머러스하게 말해서 현서는 기분 나쁜 기색이 아니었다.

"아니, 내 말은 이걸 당장 우리가 다 하겠다는 게 아니라 이런 방식으로 진행했어야 하지 않나."

"맞아. 현서 얘기 좋은데, 뭘. 이걸 다 읽자는 게 아니라, 전에 유찬이 네가 족보 얘기했었잖아. 우리 동아리에 족보가 없는 것 같다고. 현서는 지금 그 얘기를 하고 있는 거고."

태오가 유찬이를 야단치듯 말했다.

"헉, 정말! 그거였구나. 인정. 내가 잘못했네."

유찬이가 웃으며 말해서 우리도 같이 웃었다. 지금 보니 유찬이도 성격이 참 좋다.

"그래. 내년에는 좀 계획을 짜서, 동아리 지원 사업 공고가 언제 뜨더라? 암튼 일정 맞춰서 내년에 다시 신청해 보자. 거기 뽑히면 진짜 좋거든."

"좋아."

현서의 말에 유찬이가 냉큼 맞장구를 쳤다. 그러자 현서가 태오를 쳐다보았다.

"넌 왜 대답이 없어?"

"난 내년에 여기 없을지도 모르는데?"

태오의 대꾸에 현서와 유찬이가 깜짝 놀랐다. 나도 놀랐다. 내년에 여기 없을지도 모른다고? 왜?

"왜? 어디 가? 태오 너, 전학 가?"

"아니, 사람 앞일은 모르는 거잖아. 내년이면 아직 멀었는데 지금 당장 결정하라고 하니까 하는 말이지. 코앞에 놓인 일만 해도 나는 벅차다. 배고파 죽겠다는 말이야. 야! 지금 몇 시냐? 우리 떡볶이나 먹으러 가자."

태오가 자리에서 벌떡 일어났다. 그러고 보니 점심시간이 한참 지났다. 카페를 나오자 뜨거운 태양이 우리를 맞이했다. 숨이 턱 막혔다. 우리는 우르르 옆 건물 떡볶이집으로 들어갔다.

내가 불행한 이유

 떡볶이를 먹은 뒤 현서는 학원에 가고, 우리 셋은 버스 정류장으로 갔다.
 "유찬이랑 아이스 링크 가기로 했는데, 너도 갈래?"
 태오가 물었다. 슬쩍 유찬이를 봤는데, 유찬이는 나를 끼우고 싶은 눈치가 아니었다.
 "아이스 링크? 스케이트 타러 가는 거야?"
 내가 물었다. 한여름에 스케이트 타면 신나겠네. 그런데 나는 스케이트 탈 줄도 모르고 돈도 없다네.
 "응. 같이 가자."
 "아니. 난 피곤해서."

단호하게 거절하자 태오도 더 말하지 않았다. 아이스 링크로 가는 버스가 먼저 와서 태오와 유찬이가 손을 흔들었다. 나는 멀어져 가는 버스 뒤꽁무니를 쳐다보았다. 버스는 저만치 앞에서 좌회전을 하며 시야에서 사라졌다. 나는 찜통 같은 더위에 갇혀 십칠 분 후에 온다는 버스를 기다렸다.

정말이지 날씨가 미쳤다. 아무리 여름이라고 해도 너무 덥다. 이런 기세라면 거리의 가로수들까지 바싹 말라 버릴 것 같다. 가만히 있어도 땀이 삐질삐질 났다. 머리카락이 끈적하게 얼굴에 들러붙었다. 이 여름이 내 마음, 내 사랑, 내 혈관의 피까지 모조리 흡입해 버릴 것만 같았다.

십칠 분은커녕 일 분도 더 참을 수 없었다. 나는 버스 타기를 포기하고 돌아섰다. 아까 떡볶이집 건물에 코인 노래방 간판이 걸려 있는 걸 봤다. 내가 완전 가난뱅이는 아니다. 아이스 링크 갈 돈은 없어도 코인 노래방 갈 돈은 있다는 말씀.

에어컨 바람이 빵빵하게 나오는 노래방에서 노래 두 곡을 불렀다. 춤도 췄다. 오랜만에 춤을 췄더니 묵은 때처럼 들러붙어 있던 우울감이 씻겨 나가는 기분이었다. 그리하여 이 미친 더위와 구질구질한 내 인생을 견딜 힘을 약간 벌었다.

집에 오자마자 거실 에어컨을 켰다. 내 방에는 에어컨이 없어서 방문을 열어 놓고 침대에 누웠다. 설마 에어컨 켰다고 혼나지는 않겠지? 이런 생각을 하며 핸드폰을 보다가 나도 모르게 잠이 들었다.

꿈을 꾸었다. 아이스 링크에서 태오랑 손을 잡고 스케이트를 타는 꿈. 유찬이가 장난스럽게 우리 사이를 휙 가르고 지나간다. 태오와 나는 유찬이를 뒤쫓아 가서 등짝을 한 대 때려 준다. 우리 셋은 낄낄 웃는다. 그러다 문득 이런 생각을 한다.

'어? 나 스케이트 타 본 적 없는데 왜 이렇게 잘 타는 거지? 이거 혹시 꿈 아니야?'

꿈속에서도 알았다. 이건 꿈이구나. 언젠가는 끝날 꿈. 꿈이라면 깨지 않기를, 이 순간이 영원하기를 빌었다.

"지민이 또 자나 보네."

"얼른 깨워. 쟤는 방학만 되면 밤낮 뒤바뀌어서 살더라."

"잠깐만. 그냥 깨우면 신경질 내니까 일단 고기부터 굽자. 냄새 맡으면 알아서 깰 거야."

"애한테 그렇게 쩔쩔매면 어쩌려고 그래? 안 그래도 오냐오냐 자라서 생활 습관이 엉망인데."

"그래도. 사춘기잖아."

엄마 아빠가 나누는 저 대화는 꿈이 아니다. 어쩐 일로 이렇게 일찍 들어온 거지? 아닌가? 맞다, 오늘 토요일이지? 난 낮잠을 잔 거고. 근데 지금 몇 시지? 나는 그제야 눈을 뜨고 머리맡의 핸드폰을 집어 들었다.

"다 들리게 내 뒷담을 까면 어떡해?"

방에서 나오며 내가 소리쳤다. 자기가 잘못해 놓고 어디서 버르장머리 없이 소리를 질러? 같은 소리가 날아와야 할 타이밍인데, 엄마 아빠 표정이 나쁘지 않았다. 왜지?

"삼겹살 사 왔어. 새우랑 버섯도 구울 거야. 얼른 손 씻고 와."

엄마가 나를 보며 들뜬 목소리로 말했다.

셋이 밥을 먹은 게 언제였더라? 기억도 안 난다. 우리는 거의 백 년 만에 같이 저녁을 먹었다.

"살다 보니 이런 날도 오네."

아빠가 말했다. 엄마 아빠는 막걸리가 담긴 잔으로 건배했다. 둘이 이렇게 좋아하는 모습은 난생처음 본다.

"쥐구멍에도 볕 들 날 있다더니 딱 우리를 위한 속담이네."

"에이, 이 집이 쥐구멍은 아니지."

"말이 그렇다는 거지. 난 우리한테 이런 행운이 올 줄 생각도 못 했다."

"열심히 사니까 이런 날도 오는 거지. 당신 그동안 수고 많았어."

엄마 아빠는 상기된 표정으로 이런저런 대화를 주고받았다. 식탁 위에는 삼겹살과 새우 말고도 조금 전에 배달 온 회무침과 치킨도 있었다. 잔칫상이었다. 이 동네 공공 재개발이 확정

되었다고 했다. 이미 먹을 게 많은데도 나를 위해 따로 치킨을 시켜 준 걸 보니 정말 대단한 일인 게 분명했다. 그럼 내 인생도 달라지겠지. 어떻게 달라질지는 모르겠지만, 어쨌든 지금보다는 훨씬 좋은 날들이 올 것이다.

"꿈꾸던 일이 현실이 된다는 게 믿어지지가 않아. 나 어릴 때 얼마나 가난했는지 알지? 우리 엄마 혼자 나 키웠잖아. 근데 경제관념은 없고. 주변 사람 다 퍼 주고, 그걸 또 정 많다고 착각하고……. 그런 사람이 우리 지민이는 봐 주지도 않고. 나 있잖아, 지금도 어머니한테 감사해. 세상에 친정 엄마보다 시어머니 좋아하는 사람 나밖에 없을 거야."

"우리 엄마가 당신 많이 예뻐하셨지."

목소리가 컸다. 엄마 아빠는 기분이 좋은 나머지 술을 너무 많이 마시는 것 같았다.

"엄마가 지민이 안 키워 줬으면, 어휴, 나 혼자 벌어서 우리 셋이 못 살지. 난 지금도 엄마한테 너무 미안하다. 엄마가 밥도 못 드시고 드러누웠을 때 간병도 못 해 드리고, 진짜."

"일 그만두고 갈 수는 없잖아. 고모가 잘해 주셨기도 하고."

"너는? 너는 휴가 내고 갈 수도 있었잖아."

아빠가 벌컥 화를 냈다. 그러자 엄마가 "뭐라고?" 하면서 소리 질렀다. 엄마 아빠 목소리가 가파르게 올라갈수록 심장이 쿵쿵 뛰었다. 불안했다. 나는 얼른 방으로 들어왔다.

방문을 닫았는데도 싸우는 소리가 다 들렸다. 내가 자리에서 일어나는 것도 못 봤겠지. 엄마 아빠는 술만 마시면 밑바닥을 드러낸다. 둘 다 낯설고 무서운 딴사람으로 변한다.

이어폰이 어디 있더라? 가방을 뒤지는데 쨍그랑, 하고 그릇 깨지는 소리가 났다.

"사기당한 게 내 탓이야? 그 자식 당신 선배잖아. 왜 나한테 그래?"

"너가 그 자식한테 투자하라고 나 부추겼잖아."

"뭐? 왜 이제 와서 억지야?"

무서웠다. 이불을 뒤집어쓰고 울던 어릴 때의 공포가 생생하게 되살아났다. 심장이 폭발할 것 같았다. 이대로 집에 있다가는 내가 무슨 짓을 저지를지 모른다. 일 초도 참을 수 없었다. 나는 방문을 열고 나가 신발을 구겨 신었다. 현관문을 쾅 닫고 나왔다.

능소화가 핀 담장을 따라 빠르게 걸었다. 경찰에 신고할까? 이웃집에서 신고하는 것보다 내가 신고하는 게 덜 쪽팔리지 않을까? 모르겠다. 이런 미친 상황에서 어떻게 해야 하는지. 몇 년 동안 잠잠하더니 엄마 아빠는 왜 저럴까? 좋은 소식이 있는 날에 기어이 오래전 일을 끄집어내야 했을까?

그때 여기저기서 와, 하는 함성이 터졌다. 무슨 일일까 궁금해하다가 퍼뜩 생각났다. 오늘 국가 대표 축구 경기가 있다는 걸. 한국 팀이 골을 넣은 모양이다.

다행이다. 엄마 아빠가 싸우는 소리는 함성에 묻힐 테니까. 신고 안 해도 되겠네. 이런 생각을 하는 상황에 말할 수 없이 화가 났다.

이제야 알겠다. 내가 개찐따니 허언증이니 하는 소리를 듣는 건 엄마 아빠 탓이다. 윤도하가 만만하게 보는 것도, 누구한테 하소연 한번 못 해 본 것도 전부 엄마 아빠 탓이다. 다른 누구보다도 부모가 귀를 열어 줘야 속상한 얘기를 하든지 말든지 할 거 아닌가. 세상에 이런 부모가 또 있을까?

걷다 보니 익숙한 거리에 접어들었다. 축구 경기 때문인지 사람이 별로 없었다. 나는 가로등이 켜진 거리를 천천히 걸었다. 금방이라도 폭발할 것 같던 분노가 조금 가라앉았다. 분노가 가라앉은 자리에 슬픔이 차올랐다. 태오를 좋아하면서도 고백도 못 해 보고 마음을 접어야 하는 현실이 서늘하게 다가왔다. 이렇게 좋아하는데 현서한테 밀릴 수밖에 없는 상황도 따지고 보면 엄마 아빠 탓이다. 할머니랑 살았으면 내가 알아서 포기하는 일은 없었을 텐데. 이제야 알겠다. 내가 불행한 건 다 엄마 아빠 탓이다.

뜨거운 무언가가 울컥 치밀었다. 쌓이고 쌓였던 감정이 눈물이 되어 쏟아졌다. 눈물이 볼을 따라 쉴 새 없이 흘러내렸다. 콧물도 같이 나왔다. 큰일이다. 눈물은 손으로 닦으면 되지만 콧물은 그럴 수 없다.

　이 와중에 핸드폰을 챙겨 나온 게 얼마나 다행인지. 나는 일단 손으로 얼굴을 슥슥 닦고 편의점에 들어갔다. 교통카드에 아직 이천칠백 원이 남아 있었다. 휴지와 생수를 골라 계산대로 갔다. 결제 바코드를 여는데 다정한 목소리가 들려왔다.

　"지민아!"

　태오였다.

여름밤의 기적

 15년 인생 살면서 단 한 번도 이런 거지꼴로 바깥에 나간 적이 없다. 다시 생각해 봐도 없다. 처음이다. 쫓기듯 집을 나왔으니 어쩔 수 없는 일이었지만, 하필 이런 상태일 때 태오를 우연히 마주치다니. 미쳐 버리겠다. 나는 고개를 푹 숙인 채 대답했다.
 "어, 안녕."
 나는 계산을 마치자마자 서둘러 편의점을 나왔다. 와, 뭐 이런 경우가 다 있지? 머리끝부터 발끝까지 신경 써서 꾸미고 나온 날은 마주친 적도 없는데. 같은 학교에 다니는데도 태오를 우연히 마주친 날은 손에 꼽을 정도다. 용기를 내 태오네 교실

앞을 기웃거린 날에도 못 마주쳤는데, 오늘 같은 날에는 왜!

내 꼴이 어떨지 안 봐도 안다. 고기 냄새와 땀 냄새가 배어 있을 너덜너덜한 티셔츠에, 많이 울어서 벌겋게 부었을 눈에, 눈물 자국과 콧물 자국이 그대로 남은 얼굴은 얼룩덜룩하겠지. 이 꼴로 태오를 우연히 마주친 거다. 이토록 더럽게 꼬인 운명이 또 있을까?

"지민아! 어디 가?"

뒤따라 나온 태오가 물었다.

"몰라."

나는 되는대로 대답했다. 이 시간이면 집에 간다고 해야 정답인데, 순간 집이라는 단어가 생각나지 않았다.

"아이스크림 샀는데, 이거 원 플러스 원이다? 같이 먹을래?"

태오가 말했다. 미치겠다, 태오야! 이 꼴로 너랑 마주 앉아 아이스크림을 먹자고?

"무슨 아이스크림인데?"

"민트 초코."

"우와!"

이 와중에 민트 초코라니, 우와 소리가 나왔다. 자포자기 심정이었다. 현서가 태오랑 결혼할 거라고 말한 뒤에도 계속 미련이 남아 우울했는데, 차라리 잘됐다 싶었다. 최악의 꼴을 보여 줬으니 마음 정리하기도 쉬울 거였다.

우리는 아이스크림을 먹으며 공원 쪽으로 걸었다. 내가 물었다.

"축구 경기 있는 것 같던데, 넌 축구 안 봐?"

"전반전 끝나고 편의점 온 거야. 근데 후반전은 안 봐도 돼. 어차피 이길 거거든."

"그래? 몇 대 몇이었는데?"

"2 대 0. 일단 한국이 월등히 잘해. 내가 응원 안 해도 이기게 되어 있어."

태오는 축구 해설자인 양 의기양양하게 말했다.

"그렇구나. 참, 아까 아이스 링크는 잘 갔다 왔어?"

"응. 근데 얼마 못 탔어. 사람도 너무 많고 재미가 별로 없더라."

이런 얘기를 하다 보니 어느새 공원이었다. 공원은 북적였다. 거리에 없던 사람들이 여기 다 모여 있는 것 같았다. 우리 옆으로 조깅하는 아저씨가 휙 지나갔다. 강아지랑 산책을 나온 사람들이 꽤 많았고, 저쪽 벤치에는 아줌마들이 앉아 부채질을 하고 있었다. 돗자리를 펼쳐 놓은 사람들도 드문드문 보였는데, 정자 옆에 있는 돗자리 팀은 수박을 먹고 있었다.

"소풍 온 것 같네."

태오가 말했다. 그 말을 듣고 나니 진짜 소풍 나온 기분이었다. 조금 전까지는 지옥 같았는데, 여기는 딴 세상이구나.

그렇지만 내 역대급 거지꼴에 대해서는 해명하고 싶었다. 나는 덤덤하게 말했다. 동네 재개발이 확정돼서 조촐한 파티를 하던 와중에 엄마 아빠가 부부 싸움을 했고, 기분 더러워서 집을 나온 거라고. 괜히 감정 터져서 울었고, 그러다 보니 콧물도 나왔고, 휴지를 사러 편의점에 갔는데 거기서 태오 너를 딱 마주친 거라고. 내 말에 태오는 아무 대꾸도 하지 않았다. 그래서 나는 내키는 대로 아무 말이나 막 지껄였다.

"어떤 생각까지 들었냐면, 엄마 아빠는 나한테 불행이 뭔지 가르쳐 주려고 날 낳은 거 같아. 날 행복하게 해 주려고 노력하는 꼴을 못 봤어."

말은 이렇게 했지만 마음은 가벼웠다. 이유는 모르겠다. 태오가 편해서인지 아니면 속내를 털어놓아서인지.

"정말?"

"응, 정말. 다른 엄마 아빠들은 자식한테 무슨 일 있으면 득달같이 학교에 가서 따지잖아. 너무 설쳐서 문제일 정도잖아. 근데 우리 엄마 아빠는 그런 게 없어. 뭔 말만 하면 내가 버르장머리가 없는 거래. 왜 내 편을 안 들어 주지? 나 어디서 주워 온 자식인가 봐."

이 말은 진심인가? 모르겠다. 생각해 본 적 없는 말들이 자꾸 튀어나왔다. 태오는 여전히 별 대꾸가 없었다.

우리는 마로니에 나무 옆 벤치에 앉았다. 맞은편에는 어떤 아줌마가 운동 기구에 거꾸로 매달려 있었고, 그 앞으로 꼬마들이 비눗방울을 불며 뛰어다녔다.

"뭐, 진짜 주워 왔다는 말은 아니고. 난 출생의 비밀, 이런 거 상상하고 싶어도 못 해. 엄마랑 너무 붕어빵이라서."

농담처럼 말하는데 와, 하는 함성이 들렸다. 저쪽 돗자리에 앉은 아저씨들이었다. 태오는 핸드폰을 꺼내 보더니 말했다.

"또 골 넣었다."

"그럼 몇 대 몇?"

"3 대 0."

태오가 나를 보며 씩 웃었다. 기분이 썩 좋지는 않았다. 나는 나름 진지하게 말하고 있는데 얘는 축구에만 관심 있나? 게다가 다른 이야기도 아니고 엄마 아빠 이야기인데. 누구한테도 말하지 않았던 내 이야기를 했는데, 별 반응이 없으니 섭섭하고 민망했다.

"에이, 나 혼자 떠든 거 같네."

목소리가 조금 크게 나왔다. 다시 기분이 나빠지려고 했다.

"미안. 무슨 말을 해야 할지 몰라서."

"정답을 말해야 하는 게 아니잖아. 옆에서 말하면 그냥 리액션, 대강이라도 리액션을 해 줘야 내가 덜 쪽팔리지."

"쪽팔렸어?"

태오가 나를 쳐다보며 말했다.

"당연히 쪽팔리지, 안 쪽팔리겠어? 내가 우리 부모님 욕하고 앉았는데. 내 얼굴에 침 뱉는 거잖아."

내 말에 태오가 히히 웃었다.

"쪽팔릴 게 뭐 있어? 나도 엄마 아빠 원망하거나 미워한 적 많은데, 뭘. 그런 감정 안 가져 본 사람도 있나?"

"뭐? 너도 그랬다고? 태오 넌 전혀 안 그럴 거 같은데?"

"넌 날 한참 잘못 본 거야."

이 말을 하면서 태오가 또 히히 웃었다.

"자기 일이 안 풀리면 부모 원망부터 하는 사람들이 있대. 기승전 부모 탓. 그런데 어릴 때는 그런 경우가 많대."

"내가 이유도 없이 엄마 아빠 탓을 했다고?"

"그게 아니고. 부모를 원망하기도 하면서 크는 거지 뭐. 선을 넘으면 안 되지만, 부모한테 실망하면서 어른이 되는 거래. 그 시작이 사춘기라잖아. 사춘기 때부터 부모랑 분리를 시작한대."

"내가 그런 일반적인 이야기를 한 게 아니잖아. 야, 아무리 그래도 자식 앞에서 부부 싸움을 하면 안 되지. 엄마 아빠가 싸우면 얼마나 무섭고 불안한지 알아? 어릴 때 울면서 엄마한테 말한 적도 있어. 아빠랑 싸우지 말라고. 엄마가 다시는 내 앞에서 안 싸우겠다고 약속했거든. 그래 놓고 저래. 나 미쳐 죽게 만들 작정인가 봐."

내 말에 태오가 나를 물끄러미 쳐다보더니 내 등을 토닥토

닥 두드려 줬다.

"근데, 자식 앞에서 부부 싸움 안 하는 사람도 있나?"

"있지. 왜 없어?"

"정말? 자식 앞에서 부부 싸움 안 하는 훌륭한 부모님도 있구나. 대박!"

태오가 엄지를 척 들어 올리며 말했다. 농담처럼 말해서 웃음이 나왔다.

신기했다. 태오가 한 말이 나의 수치심과 분노를 날려 버렸다. 전쟁 같았던 엄마 아빠의 다툼이 어느 집에서나 일어날 수 있는 가벼운 일로 여겨졌다. 엄마 아빠를 원망하고 비난했다는 죄책감도 함께 사라졌다.

비눗방울을 불며 놀던 꼬마들은 어느새 공원을 빠져나가고 없었다. 저쪽 돗자리에서 술을 마시는 아저씨들이 뭐라고 소리를 질렀다. 태오가 말없이 나를 쳐다보았다.

"왜? 왜 쳐다봐?"

"경기 끝났어. 3 대 0으로 우리가 이겼어."

그러더니 오른손을 들어 올렸다. 나도 오른손을 들어 태오의 손바닥에 부딪혔다. 우리는 승리의 하이파이브를 나누며 마주 보고 웃었다. 그때 핸드폰이 요란하게 진동했다. 엄마였다.

"어디야?"

전화 너머에서 엄마가 물었다.

"편의점. 곧 들어갈 거야."

"엄마가 데리러 나갈까?"

"뭐 하러? 길에 사람 많은데 뭘. 됐어."

내가 퉁명스럽게 대꾸하자 엄마가 기어들어 가는 목소리로 이렇게 말했다.

"그래, 조심해서 와. 엄마가 미안."

태오와 나는 천천히 걸어서 공원을 빠져나왔다. 태오가 집 앞까지 바래다준다고 했다.

"태오 넌 참 어른스러운 것 같아."

내 말에 태오가 걸음을 멈췄다. 가로등 아래 어느 집 담장 밖에 해바라기가 피어 있었다. 문득 노란 해바라기를 배경으로 태오의 사진을 찍고 싶다는 생각이 들었다.

"지민아, 나 어른스럽다는 말 안 좋아해."

"왜? 칭찬이었는데."

"나한테는 칭찬 아니야. 의젓하다, 어른스럽다, 이런 말 많이 듣거든? 그런데 그 말 싫어. 칭찬을 가장해서 날 세뇌시키는 거 같아. 아니, 사실은 찔려서 그래. 난 아이다운 아이가 어른다운 어른이 된다고 믿는 편이거든. 그런데 뭐, 어릴 때도 내가 아이답지는 못했지. 난 강제로 철들었어."

태오는 다시 걸음을 옮기면서 어릴 때 이야기를 들려주었다. 엄마가 교통사고를 당한 뒤, 할머니 집에 살게 되면서 적응

하느라 힘들었다고.

"낮에는 유치원도 잘 다니고, 집에 와서도 잘 놀았거든. 근데 저녁만 되면 울었어. 엄마가 보고 싶었거든. 엄마한테 데려다 달라고 떼를 썼어. 그러면 할머니가 나를 업어 줬고, 한동안은 할머니 등에 업혀서 잠들었어. 그러다 어느 순간 알겠더라. 다섯 살이면 꽤 무거울 거 아니야? 누구한테 업힐 나이가 아니지. 할머니 그만 고생시켜야겠다고 생각했어. 내가 안 업히겠다고 하니까 그다음부터는 할머니가 날 안고서 동화책을 읽어 줬어. 할머니가 따뜻한 사랑으로 날 품어 주고 키워 주셨는데, 그때 강제로 철든 거 같아."

"왜? 따뜻한 사랑으로 잘 키워 주셨다며?"

"감으로 알았겠지. 할머니는 나를 사랑하지만, 엄마랑은 다른 사람이라는 걸. 세상에 마음 놓고 떼써도 되는 사람은 엄마밖에 없는 것 같아. 그리고 중요한 사실 하나를 깨달았어."

"그게 뭔데?"

"아무리 간절하게 원하고 떼를 써도 세상에는 안 되는 게 있다는 거, 그걸 알아 버린 거야. 그 어린 게."

태오가 장난스럽게 말했다. 자기를 '그 어린 게'라고 표현하는 게 웃겨서 웃음이 나왔다.

"무슨 말인지 알 거 같아. 나도 할머니가 키워 주셨잖아. 근데 나는 너랑 많이 다르네. 일찍 철들기는커녕 버르장머리 없이 막 자랐거든. 할머니가 오냐오냐해서 그냥 멋대로야. 아직도 못 고쳤어."

내 말에 태오가 소리 내어 웃었다. 어느덧 우리 집 앞 골목이었다. 곧 재개발이 될 거라고 해도 지금은 누추한 집이라 태오한테 조금 창피했다.

"그래? 부럽다. 너한테는 일방적으로 기대려고 하는 사람이 없다는 게."

"기대려고 하는 사람?"

"응. 이런 말 하기 좀 창피한데, 나 좋다고 고백한 여자애들이 좀 있었거든. 고백받으면 좋아야 정상이잖아? 근데 덜컥 겁이 나. 그 애들이 나한테 뭘 기대하는지 알 것 같았거든."

"뭘 기대하는데?"

"음, 보호자 역할? 이런 걸 기대하는 거 같아. 느낌이 그래. 일방적으로 챙겨 주고, 따뜻하게 대해 주고 그런 거. 뭐, 내 착각일지도 모르지만."

"뭔지 알 거 같아. 착각 아닐 거야. 태오 너를 좀 남자 주인공처럼 생각하는 걸지도 몰라. 너 웹소에서 남주들이 어떤지 알아? 일단 잘생기고, 돈 많고, 뭐 이런 거 다 떠나서 여친이 아프면 죽도 끓여 주고, 약도 사다 줘야 돼. 학생이면 수업 째고 직장인이면 휴가 내서라도 그 일을 꼭 해내야 해. 안 그러면 바로 아웃이야."

내가 목을 긋는 시늉을 하자 태오가 고개를 끄덕이며 키득키득 웃었다.

"막 이런 것도 중요하다? 같이 걷다가 잠깐! 이러면서 덜렁이 여친 신발 끈도 매 줘야 해. 사랑받는 여자는 신발 끈 절대 자기 손으로 매면 안 되거든. 남주는 또, 자기 집에 여친 초대해서 파스타도 만들어 줘야 하고, 촛불 켜 놓고 한 달 동안 연습한 노래도 불러 줘야 하거든? 웹소에 이런 장면 꼭 있어. 근데 이런 거 자꾸 보잖아? 그럼 남자 보는 눈이 엄청 높아져."

"너도?"

"난 아니지. 난 일단 여자 주인공 외모가 아니잖아."

내가 장난스럽게 대꾸했다. 그러자 태오가 말했다.

"그런 소설 속에 나오는 비현실적인 주인공들 말고, 그냥 마음 가는 대로 좋아하고 그럼 안 되나? 에이, 나도 힘들 때가 있고 기대고 싶을 때도 있는데. 사람들은 나를 아무 고민도 없고 힘든 일도 없는 사람인 줄 아는 거 같아. 서로 위해 주고 기댈 수 있고 이런 관계가 좋은 거 아니야?"

"오, 맞아. 나도 같은 생각!"

나는 이렇게 대꾸하며 오른손을 들었다. 곧바로 알아차린 태오가 오른손을 들었고, 우리는 그 자리에서 또 하이파이브를 했다.

현관문을 여니 엄마는 거실에서 드라마를 보고 있었다. 내가 들어가자 엄마가 내 눈치를 보는 게 느껴졌다. 인사만 하고 내 방으로 들어가려는데 안방에서 아빠가 문을 열고 나왔다.

"엄마랑 화해했어."

아빠는 어색하게 이 말만 하고는 화장실로 들어갔다. 나는 엄마를 쳐다보며 조용히 물었다.

"진짜?"

내 말에 엄마가 고개를 끄덕였다.

"잘했어."

내가 눈을 찡긋하며 말했다. 마치 어른처럼. 엄마가 나를 보고 씩 웃었다.

새벽이 되어도 잠이 안 왔다. 아까 태오 인스타에 들어가 봤는데, 새 글이 올라와 있었다. 경기에서 이긴 뒤 환호하는 선수들의 사진, 거기에 딱 세 글자가 붙어 있었다.

'기쁜 날.'

별의별 생각이 다 들었다. 정말 축구에 이겨서 기쁜 날이라는 건가? 정말 그거밖에 없어? 태오야! 너 후반전은 안 봤잖아. 그 시간에 나랑 공원에 있었잖아! 우하하하하하.

착각하지 말자고 계속 생각해도 벅차고 설레는 마음을 주체할 수 없었다. 저 기쁜 날은 축구 때문이 아니라 나 때문일 거라고. 나랑 같이 시간을 보내고 돌아간 뒤에 쓴 거니까, 내 생각이 맞을 거라고.

이런 날 잠을 자는 건 무조건 길티다!

나는 흥분을 가라앉히고 망상과 도파민으로 범벅된 머릿속을 정돈했다. 그리고 자판을 두드리기 시작했다.

내 짝남을 같은 동아리 애도 좋아함

셋 다 같은 학교, 같은 학년 동아리임.

짝남부터. 살면서 이런 남자애 처음 봄. 성격, 외모, 목소리 진짜 다 좋음. 24시간 동안 얘 생각만 남.

근데 같은 동아리 애가 나한테 내 짝남을 오래전부터 좋아했다고 말함. 죽을 때까지 좋아할 거고 결혼도 할 거라고 함. 참고로 둘이 나보다 훨씬 오래 알았음. 내가 짝사랑하는 걸 눈치채고 말한 것 같음.

이 여자애는 공부도 잘하고, 예쁘고, 날씬하고, 성격도 좋음. 한마디로 인기 많은 캐릭터. 그냥 나랑은 어나더 레벨임.

솔직히 너무 상대가 안 돼서 마음 접으려고 했는데, 오늘 짝남이랑 우연히 만나서 공원 산책하고 얘기도 많이 하고 놀다가 좀 전에 집으로 옴. 짝남이 집까지 데려다줌. 느낌상 데이트? 같음. 착각일 수도 있지만 짝남도 동아리 애보다 나를 좋아하는 것 같음.

1. 짝남이 동아리 애 말고 나를 좋아한다는 건 백퍼 착각임.

2. 내 느낌이 맞음. 여자 측은 무시 못 함.

3. 아직 모름. 둘 다 짝사랑이니 일단 지켜보는 게 정답.

  글을 올리기 전에 잠깐 생각했다. 이렇게 쓰면 글쓴이가 나라는 걸 바로 알아채지 않을까? 하지만 알아챌 만한 사람들이 읽을 것 같지는 않았다. 전에 유찬이가 인스타에 돌아다니던 밍글 베스트 글 캡처를 보여 준 적이 있는데, 현서가 무심히 말했다. 요즘 누가 그런 데 들어가? 인스타 하기도 바빠 죽겠는데.

  글을 올린 다음 창문을 열었다. 상처받지 않으려면 환기가 필요했다. 방이 조금 덥기도 했다.

  기분이 한참 업 되어 있을 때 글을 올리면 반드시 찬물을 끼얹는 댓글들이 달린다. 그걸 보면 상처받겠지. 각오하고 올린 거였다. 혼자 공상하면서 마음을 키우는 것보다 상처받더라도 현실을 직시하는 게 나을 것 같았다.

  내친김에 방문을 열고 나왔다. 에어컨이 거실에만 있어서 엄마 아빠는 안방에서 방문을 열어 놓고 곤히 자고 있었다. 나는 살금살금 현관문을 열고 마당으로 나왔다.

  열대야라지만 제법 상쾌한 밤바람이 불었다. 그 바람에 뜨거워진 뇌와 심장이 정화되는 것만 같았다. 사람들이 내 글에 어떻게 반응하든 상관없었다. 1번이 압도적으로 많아도 괜찮다. 나는 내 느낌을 믿으니까.

태오는 나를 좋아하는 게 맞다. 착각이라 해도 어쩔 수 없다. 누가 뭐라든 이 강렬한 느낌을 함부로 버릴 수는 없다. 나중에 태오가 현서를 택하고 둘이 결혼할 수도 있겠지. 잔인한 미래가 오더라도, 나는 열다섯의 나를 바라보던 태오의 눈빛을 죽을 때까지 잊지 못할 거다.

어디선가 풀벌레 우는 소리가 들렸다. 우리 집 손바닥만 한 마당에는 담을 따라 여름꽃이 피어 있다. 바쁜 와중에도 엄마 아빠는 봄이면 꽃씨를 뿌렸다. 멀리서 딸꾹딸꾹 하는 새소리도 들렸다. 언젠가 검색해 보니 호랑지빠귀인가 그랬다. 아닐 수도 있고. 우리 집에 똥만 싸지르지 않으면 새들이야 얼마든지 예쁘게 봐 줄 수 있다.

재개발이 결정되어서인지 새삼 이 집이 아늑하게 느껴졌다. 나는 담벼락 아래 빨갛게 익은 방울토마토 하나를 따 먹으며 밤하늘을 쳐다보았다. 끝없이 펼쳐져 있는 까만 하늘에 초승달이 걸려 있었다. 태오가 좋아하는 별은 보이지 않았다. 문득 이 세상 끝까지 가 보고 싶다는 생각이 들었다. 태오와 함께 간다면 걸음마다 설렘이 공기처럼 따라오겠지. 인생은 아름답다는 말이 무슨 뜻인지 이제야 알겠다. 맞다. 사랑이 있는 인생은 아름답다.

방울토마토를 몇 개 따서 방으로 오니 그새 댓글이 많이 달려 있었다. 다들 이 밤에 안 자고 뭐 하냐? 이런 생각이 들어서 피식 웃음이 났다.

> ↳ 1111 어릴 땐 남자애들 다 외모 따지지 않냐?
> ↳ 동아리 여자애는 다 가졌네. 1번. 마음 긁히기 전에 포기해라.
> ↳ 1번. 짝남은 간 보는 중일 듯. 님은 걍 어장 관리.
> ↳ 1번. 불쌍하다 짝남 빨리 잊고 다른 남친 만들어

우와. 각오는 했지만 이 정도일 줄은 몰랐다. 1번이 압도적으로 많았다. 70개가 넘는 댓글 중 드문드문 3번이 보였고, 2번은 단 한 명도 없었다. 댓글을 읽는 사이에도 새 댓글이 달렸는데 거의 1번이었다. 나도 내 글에 댓글을 달았다.

> ↳ 이런 젠장ㅠㅠㅠ 예상은 했지만 이 정도일 줄은 몰랐네. 그래도 난 2번! ㅋㅋㅋㅋㅋ

모든 구름의 뒤편

나중에는 2번을 찍은 댓글도 꽤 달리긴 했다.

↳ 2번. 옛다 2번.
↳ 나도. 인류애 발휘하자. 2번!
↳ 2번! 파이팅! 로또 기원.

대체로 이런 댓글들. 무슨 뜻인지 알 수 없는 댓글도 있었다.

↳ 2번. 좌절 금지! Every cloud has a silver lining.

검색해 보니 아무리 나쁜 일에도 좋은 면이 숨어 있다는 뜻이란다. 이런 젠장. 그렇지만 나는 2번을 말해 준 모든 댓글에 꼬박꼬박 고맙다는 대댓글을 달았다. 고마움 반, 장난 반이었는데, 댓글을 쓰면서 혼자 키득키득 웃었다.

예상한 결과였다. 실망은 했지만 크게 상처받지는 않았다.

내가 글을 잘 못 쓴 탓도 있다. 어떻게 표현할 수 있을까? 우리 둘이 앉아 있던 벤치 주위로 요정이 날아다니는 것만 같던 기분을. 꽉 찬 존재감이 압도하는 기분을. 태오와 함께한 여름밤은 온전히 내 것이 되었다. 그 기억이 있는 한 내 영혼은 죽지도 않고, 늙지도 않고, 영원히 아름답게 빛날 것이다.

이런 생각을 다른 사람들이 알아들을 만한 말로 옮길 수가 없다. 세상에는 아직 번역되지 못한 감정이 많은 것 같다.

드문드문 달려 있던 3번 댓글들 중에는 몇 줄이 넘어가는 긴 댓글도 있었다.

> ↳ 3번. 중요한 건 짝남의 마음. 당연한 거 아냐? 예쁘고 날씬하고 집 잘산다고 해서 친구 사귀는 거 아니잖아. 연애도 똑같아. 내 눈에 예쁜 사람, 나랑 잘 맞는 사람, 같이 있으면 재밌는 사람한테 마음이 가는 거지. 같이 산책도 하고 집에도 데려다줄 정도면 남자 쪽에서도 마음 있는 것 같은데, 느낌을

믿어 봐. 인생 진짜 아무도 모르는 거니까 남이랑 자기 비교하면서 기죽지 말고. 다른 무엇보다도 자기 자신이 제일 중요하다는 것만 기억해.

어떤 댓글이 달리든 신경 쓰지 않겠다고 마음먹었는데, 이 댓글에는 큰 위로를 받았다. 맞다. 우리는 아직 어리고 미래에 내가 어떤 사람이 될지는 누구도 알 수 없다.

더 나은 내가 되고 싶다는 의욕이 불타올랐다. 세상이 깜짝 놀랄 만큼 매력적인 사람이 되고 싶었다. 1번을 찍은 댓글들처럼 당장 이 꼴로 나가면 윤도하 같은 놈들의 조롱거리밖에 안 된다. 그리하여 나는 난생처음 계획표라는 걸 만들었다. 제법 정교해 보였다.

첫째는 일단 건강한 몸을 만드는 거다. 일찍 일어나는 것부터 시작했다. 엄마 아빠 잔소리에도 끄떡 않던 내가, 심지어 방학 중인데도 일찍 일어났다. 굶는 건 정신 건강에 좋지 않으니 골고루 먹고, 하루에 삼십 분씩 줄넘기를 하고 댄스 두 곡을 추기로 했다. 둘째는 매일 열 쪽 이상 책 읽기와 일기 쓰기였다. 첫 단추로 강경애의 『인간 문제』를 읽기 시작해서 개학 전날에 다 읽었다. 독후감도 짧게 썼다. 셋째는 내 할 일에 집중하는 것. 방학 동안 잊고 있던 공부도 열심히 하고, 학원 숙제도 꼬박꼬박 해 갔다.

물론 쉽지는 않았다. 특히 수학은 산 넘어 산이었다. 그렇지만 벌써부터 수포자가 될 수는 없었다. 대체로 잘 지켰다. 성취감은 자신감으로 이어졌고, 그 때문인지 거울을 보면 예쁜 애가 들어앉아 있는 것 같아 흐뭇했다.

"요즘 지민이 달라진 거 같지?"

어느 날 자려고 누웠는데 거실에서 엄마 아빠가 나누는 대화가 들렸다.

"응. 지민이 많이 변했어. 아파트 간다니까 지도 좋은가 봐."

"용돈 좀 올려 줘야 되지 않아? 학원 다니면 중간에 배 많이 고플 텐데."

"안 그래도 조금 올려 주려고 생각하고 있어."

참 나. 무슨 그런 오해를. 아파트에 살려면 아직 몇 년이나 남았는데 제가 그것 때문에 이러겠습니까? 거실로 나가 이렇게 말하고 싶었지만 그냥 혼자 웃고 말았다.

계획한 대로 하루를 보내니 방학이 지루하지 않았다. 내 안에 남아 있던 우울과 좌절, 열패감은 저 멀리 시궁창으로 사라졌다. 태오가 보고 싶어서, 태오가 다니는 학원 앞까지 돌아 가면서 집으로 온 날도 있었다. 하지만 태오를 마주친 적은 없었다. 태오는 인스타를 열심히 하지도 않으니, 나날이 그리움만 쌓여 갔다.

그리고 기다리고 기다리던 개학이 왔다.

참고 기다리면, 시간은 반드시 약속을 지킨다. 개학할 때가 되자 귀신같이 여름이 물러났다……는 건 순전히 내 바람이고, 열대야가 사라졌다. 여전히 쨍한 여름이지만 밤에는 제법 선선한 바람이 불었다.

2학기가 되어 확실히 달라진 점. 학교 가는 게 좋았다. 물론 태오 때문이다. 이제 우리는 같은 건물에 있고, 나는 태오가 어디 있는지 아니까. 손을 뻗으면 닿을 자리에 그 아이가 있다. 미친 듯이 보고 싶으면 미친 척하고 달려가면 된다.

실제로 개학 이틀째 되던 날, 나는 태오네 교실 앞으로 갔다. 이 말을 하려고.

"태오야! 나 『인간 문제』 다 읽었다?"

단톡방에 말할까 생각도 해 보고, 디엠을 보낼까 생각도 해 봤는데, 직접 말하고 싶었다. 태오는 내 말에 씩 웃으며 엄지를 들어 올렸다. 독후감 보여 줄게, 이 말도 하고 싶었는데 오버하는 것 같아서 말았다. 마침 3교시 예비 종이 울리기도 했고.

방학 동안 공백이 있었는데도 루리랑 급식 먹는 게 어색하지 않았다. 루리는 100장도 넘는 제주도 여행 사진들을 보여 주었다. 자랑만 한 건 아니었다.

"이거 먹어 봐. 냉동실에 얼려 놨던 거야. 엄청 상큼하다?"

제주도에서 사 온 감귤 초콜릿이었다. 우리는 급식을 다 먹은 뒤 후식으로 초콜릿을 나눠 먹었다.

그런데 교실 분위기가 1학기 때랑 좀 달라진 것 같았다. 뭐지, 이 수상한 분위기는? 얼마 안 가서 알았다. 예승이 무리가 몰려다니지 않는다는 걸.

"쟤네 방학 때 싸웠나. 왜 저래?"

예승이랑 붙어 다니던 애들이 따로 밥 먹는 모습을 힐끗 본 루리가 말했다. 예승이는 급식실에 오지도 않았다.

그날 밤, 루리한테서 전화가 걸려 왔다. 평소 학교에서만 대화하던 사이인데 카톡도 아니고 전화를 한 것이다. 궁금해서 냉큼 전화를 받았더니 루리가 흥분한 목소리로 소리쳤다.

"학폭이래, 학폭!"

예승이 남자 친구가 예승이를 신고했다고, 조사관이 예승이를 부른 게 이미 소문이 다 났다고 했다.

"정말? 예승이가 남친 때렸대?"

"예승이 혼자 한 게 아니고 예승이네가 집단으로 때렸나 봐. 바람피웠다고 혼내 준 거겠지, 뭐. 그 자식 완전 바람둥이잖아. 근데 막상 학폭 들어오니까 예승이가 팽 당한 것 같아. 다른 애들은 괜히 예승이 편들다가 학폭 걸린 거잖아. 하여튼 걔들 의리가 딱 요 정도야."

"다른 애들이 예승이 손절한 거야?"

"너도 봤잖아. 예승이 혼자 다니는 거. 억울한 애들도 있겠지, 뭐. 직접 때리지도 않았는데 걸린 애도 있을 거고."

"어휴, 어떡하냐?"

"근데, 너도 봤지? 걔 완전 말랐잖아. 아무리 바람을 피웠어도 그렇지, 그런 애를 때릴 데가 어디 있다고 우르르 가서 구타를 하고 그러냐?"

"그러게. 예승이가 좀 노는 애 같아도 일진은 아니잖아. 왜 그랬지? 상상이 안 돼. 사람이 사람을 어떻게 때리냐?"

"내 말이. 예승이가 개싸가지긴 해도 누구 패고 다닐 정도는 아니었는데. 근데 남친이 바람피우면 눈깔 돌아가지, 뭐. 이런 날 올 줄 알았어. 예승이나 그 자식이나 한번 당해 봐야 돼. 나한테 무슨 짓을 했는지 이제 지들도 좀 알겠지."

한밤인데도 루리의 목소리는 내내 우렁찼다.

중간고사가 끝났는데도 동아리 단톡방은 조용하기만 했다. 제일 열심이던 현서가 모임 공지는커녕 카톡 한번 날리지 않았다. 결국 침묵을 깬 건 태오였다.

> 태오
> 우리 언제 모여?

한참 후에 현서가 대꾸했다.

현서 　언제 모일까?

현서가 조금 변한 것 같았다. 마지못해하는 느낌이었다. 이번 모임은 현서가 읽을 책을 정할 차례인데도 그랬다. 동아리 활동에 의욕을 잃은 걸까?

현서가 단톡방에 다음 모임에 읽을 책을 올렸다.

유찬 　버클리풍의 사랑 노래?

현서 　ㅇㅇ

유찬 　시집인데?

현서 　시집이 어때서? 짧고 좋잖아.

유찬 　근데 이 시집 고전 맞아?

현서 　우리가 태어나기 전에 나온 시집이니 고전이야. 내가 고전이라고 하면 고전인 거야 ㅋㅋㅋㅋㅋ 땅땅땅!

유찬 　ㅋㅋㅋㅋ

현서 　국어 쌤이 추천해 줘서 알게 된 시집인데 진짜 좋아. 같이 읽어 보자.

태오 ㅋㅋㅋ 그러자

나도 좋아!

유찬 어째 용두사미 스멜? 처음엔 우리 진짜 열심히 읽고 토론했잖아

현서 왜? 시집이 어때서? 너 여름방학 때 강경애 소설 길다고 읽지도 않았잖아. 짧은 시집 선택했으면 고마운 줄 알아야지, 왜 이러심? ㅋㅋㅋㅋ

유찬 넵!! 쌰리! ㅋㅋㅋㅋ

유찬이도 현서가 달라졌다고 느끼는 걸까? 현서가 왜 변했는지 나로서는 알 길이 없었다. 사실 현서는 그대로인데, 변했다고 느끼는 건 나의 착각일지도 모른다.

그런데 착각이 아닌 것 같았다. 화장실에서 한 번, 급식실에서 한 번 현서를 마주친 적이 있는데, 현서는 나를 보고는 엄청 어색한 표정을 지었다. 내가 먼저 "안녕." 하고 인사를 해도 현서는 거의 들리지도 않는 목소리로 "으응."이라고 대꾸할 뿐이었다. 그 짧은 말을 하면서 나랑 눈도 맞추지 않았다.

설마 나를 라이벌로 생각하는 건가? 아니겠지. 우리 둘 다 짝사랑이고, 현서는 나랑 레벨이 다른 아이다. 만에 하나 그것

때문이라면 내가 밍글에 올린 글을 보여 줄 수도 있다. 자신감을 가지라고, 난 너의 경쟁 상대가 될 수 없다고, 나에 대해 적대감을 갖지 말라고.

내가 이상한 건지 모르겠지만 나는 현서가 별로 밉지 않다. 우리 둘 다 같은 사람을 좋아하는데 왜 미워해야 하지? 어차피 결정권은 태오한테 있는데. 물론 태오가 현서랑 사귀는 건 상상도 하기 싫다. 그런 날이 오면 엄청 속상하고 슬프겠지. 그렇다고 아직 닥치지 않은 미래를 상상하며 현서를 미워하기는 싫다. 불쑥 짜증이 솟구쳤다. 동아리 부장이 무책임하게 저래도 되나?

동아리 모임이 있는 날, 오전부터 부슬비가 내렸다. 이 비가 그치면 가을이 깊어질 거라고 했다.

이른 점심을 먹고 집을 나섰다. 비가 내리는데도 발걸음이 가벼웠다. 모임이 끝나면 같이 연극을 보러 가기로 했다. 얇은 시집이라 읽기도 편했다. 시는 어려운 줄만 알았는데, 몇 편은 너무 좋아서 다이어리에 옮겨 적기도 했다.

시집을 읽다 보니 사랑은 꼭 근사하고 멋진 말로만 표현할 수 있는 건 아닌 것 같았다. 사랑하는 이를 위해 사과를 챙기고 설거지를 하는 소소한 일상이 드러나는 시구가 마음 깊숙이 파고들었다.

진짜 그런 것 같다. 학교 다니고, 친구 만나고, 노래 듣고, 책 읽고, 누군가를 좋아하는 나날이 쌓여 내가 만들어진다. 모르는 사이 키가 자라고, 모르는 사이 가을이 오는 것처럼. 사랑도 그런 게 아닐까? 마음과 마음이 통하는 순간들이 조금씩 쌓여 사랑이 탄생하고 아름답게 빚어지는 게 아닐까.

버스 정류장에 서서 우산을 접는데 후드를 뒤집어쓴 여자아이가 눈에 들어왔다. 어쩐지 옆모습이 익숙해서 고개를 갸우뚱하다가 눈이 마주쳤다. 예승이였다.

"예승아!"

나도 모르게 인사부터 나왔다. 내심 예승이한테 큰일이 생겼을까 봐 걱정됐나 보다. 조금 피곤한 기색이기는 해도 멀쩡한 걸 보니 안심이 됐다. 예승이는 목요일, 금요일 이틀이나 결석했다. 소문이 분분했지만 아무도 예승이한테 연락해 볼 엄두는 못 냈다. 예승이가 겸연쩍게 웃었다.

"어디 가?"

예승이가 물었다.

"동아리 모임 있어서. 넌?"

"아, 그 고전 동아리? 아직도 하는구나."

내 질문에는 대답도 없이 예승이가 이렇게 말했다. 괜찮냐고 묻고 싶은데, 그런 말을 하는 게 적절한지 아닌지 판단할 수 없어서 가만있었다. 전광판에 내가 타야 할 버스가 곧 도착한다는 안내가 떴다. 버스를 기다리는 동안 우리는 말없이 서 있었다.

"나, 맞폭 신고할 거야. 성추행으로."

버스에 막 타려는데 예승이가 말했다. 정말? 나는 고개를 돌려 예승이를 쳐다보았다. 예승이는 나를 외면한 채 전광판을 보고 있었다.

맞폭이라고? 불안으로 가슴이 콩콩 뛰었다. 막장으로 가는 건가? 예승아, 그런 거 안 하면 안 돼? 서로 좋아하는 사이였잖아.

이 말을 하고 싶었지만, 승객을 다 태운 버스가 출발했다. 버스 정류장과 예승이가 시야에서 점점 멀어지더니 곧 사라졌다.

연극이 끝난 뒤

 동아리 모임이 끝나고 태오, 현서와 함께 소극장으로 갔다. 태오가 초대권을 줘서 보게 된 연극인데, 유찬이는 논술 학원에 간다며 동아리 모임만 하고 먼저 갔다.
 우리 셋은 소극장으로 들어가 3열에 나란히 앉았다. 태오가 중간에 앉았다. 현서는 나랑 가까이 앉고 싶지 않은 눈치였다. 연극 제목은 〈능내역 편지〉였다.
 "이 연극 실화라고 말했던가?"
 태오가 소곤소곤 말했다.
 "응, 열두 번쯤 말했어. 주인공이 너희 할머니 첫사랑이라며."

현서가 조금 큰 소리로 대꾸했다. 막이 오르기를 기다리는 동안 태오가 이 연극에 대한 정보를 들려주었다. 연출자가 할머니 제자라는 거, 이 작품으로 K-Theater 어워즈에서 작품상을 수상했다는 거, 매년 9월부터 연말까지 공연을 하는데 벌써 6년째라는 거.

이윽고 극장 불빛이 다 꺼졌다. 서서히 조명이 들어온 무대에는 총을 들고 보초를 서는 군인이 있었다. 슬픈 음악이 배경에 깔렸다. 그런데 스토리를 대강 알아서인지 연극에 집중이 잘 안됐다. 자꾸 딴생각이 들었다.

처음에는 태오만 신경 쓰였다. 객석이 너무 다닥다닥 붙어 있어서 옆에 앉은 태오의 체온과 호흡이 고스란히 느껴졌다. 그러다 문득 태오 인스타에서 본 글이 생각났다.

마을을 살리기 위해 온몸으로 무너져 가는 둑을 막은 소년이 있었다. 미국 동화 작가가 쓴 책에 나오는 이야기라고 했다. 태오는 책으로 읽어 보고 싶어서 찾아봤지만, 그런 이야기만 알려져 있을 뿐 한국에 번역된 건 아닌지 서점에서도 도서관에서도 찾을 수 없었다는 글이었다.

나는 다른 게 궁금했다. 둑이 무너져 가는 걸 본 아이는 도대체 어떻게 그걸 막을 생각을 했을까? 생각이야 할 수 있겠지. 하지만 손바닥으로 막다가, 주먹으로 막다가, 마침내 온몸으로 막는 건 어른도 하기 힘든 결심이고 행동 아닌가? 그러니 유명해진 거겠지. 감동에 목마른 사람들이 이토록 오랫동안 기억하고 찾는 샘물 같은 이야기.

그런데 저 연극은 실화다. 태오 할머니의 첫사랑은 친구들을 살리기 위해 스스로 목숨을 던졌다. 죽거나 죽이거나 두 가지 선택지밖에 없는 상황에서, 결국 죽는 걸 선택한 거다. 마을을 살리고 쓰러진 소년은 나중에 발견되어 영웅으로 살아남았는데, 할머니의 첫사랑은 영웅 대접은커녕 장례식도 제대로 치르지 못했다.

딴생각 때문이 아니었다. 마음이 아파서 연극에 집중할 수 없었던 거다. 도대체 감당이 안 되는 이 일이 실화라니, 이 끔찍한 역사에는 감동이 한 방울도 없다.

극장에서 나오니 벌써 밤이었다. 스산한 가을바람이 휙 지나갔다. 갑자기 낯선 기분이 들었다. 지금 여기가 현실인가 비현실인가. 어리둥절해 있을 때, 현서가 말했다.

"저녁 먹고 가자."

"그래, 떡볶이 먹고 가자. 저기 분식집 있다. 내가 살게."

태오가 대답했다.

"에이, 그건 안 되지. 네가 연극도 보여 줬잖아. 이 동네 맛있는 파스타집 알아. 거기 가자."

현서가 태오 팔짱을 끼며 말했다. 현서는 뭔가 신나 보였다.

팔짱을 낀 둘이 앞서 걷고, 나는 천천히 뒤를 따랐다. 횡단보도 앞에서 신호를 기다릴 때 태오가 슬며시 팔을 풀었다. 우리는 두 블록을 건너 어떤 건물 앞에 섰다. 영화에나 나올 것 같은 근사한 레스토랑이었다.

"와! 여길?"

태오가 말했다. 좋다기보다는 당혹스러운 표정이었다. 나도 마찬가지였다. 아직 안에 들어가지도 않았는데 주눅부터 들었다. 삼겹살집만 가도 좋아 날뛰는 내가 이런 고급 레스토랑에 들어가도 될까? 후드티 입었다고 입구에서 쫓겨나면 어쩌지? 약속 있는 거 깜빡했다고, 지금이라도 집에 간다고 할까?

"괜찮아, 괜찮아! 여기 우리 집 단골이야. 여기 성게알 파스타 진짜 맛있어."

현서가 태오에게 다시 팔짱을 끼며 말했다. 태오는 이번에는 금방 현서의 팔을 풀었다. 그러더니 별말 없이 앞장서서 음식점 문을 열었다. 나도 들어가도 되나?

짧은 순간 많은 생각이 스쳤다. 현서는 내가 그냥 집에 가길 바라겠지? 태오랑 단둘이 있고 싶을 테니까. 극장에서부터 그랬다. 현서는 연극에 별 관심이 없어 보였다. 그냥 태오랑 있는 게 좋았겠지. 밥 먹자고 한 것도 생각해 보니 둘이 있을 기회를 노린 거 아닐까? 게다가 이 비싼 음식값은 누가 계산하냐고! 나 돈 없다고!

"저기, 실은, 내가 약속을 깜빡……."

기어들어 가는 목소리로 여기까지 말했을 때, 문 앞에서 태오가 소리쳤다.

"뭐 해? 들어가자."

돌아가시겠다. 내 말은 아직 다 하지도 못했는데, 태오가 저렇게 말하니 따라 들어갈 수밖에 없었다. 모르겠다. 여기 오자고 한 현서가 계산하겠지, 뭐.

레스토랑 안도 화려했다. 그런데 기분 좋지가 않고 그저 어리둥절하기만 했다. 이 멋진 장소에 내가 어울리지 않아서 그랬다.

"뭐 먹을래?"

현서가 태오에게 메뉴판을 내밀며 물었다. 나한테는 물어보지도 않았다. 하긴 영어만 빼곡한 메뉴판을 줘 봐야 무슨 음식인지 내가 알 리가 없다. 메뉴판을 받아 든 태오가 내게 물었다.

"지민이 넌 뭐 먹고 싶어?"

"아무거나."

제일 싼 걸로. 이 말은 삼켰다. 이 집에서 제일 싼 음식은 칠천 원짜리 자몽에이드다. 나는 배가 안 고파서 자몽에이드만 마실게, 이럴 수도 없고.

태오도 아무거나 먹겠다고 해서 현서가 이것저것 주문했다.

주문한 지 얼마 지나지 않아 식전 빵과 샐러드, 자몽에이드가 나왔다.

"연극 재미있었어?"

빵에 버터를 바르며 태오가 물었다. 갑자기 몸 안에 뜨거운 피가 흐르는 느낌이었다. 맞아! 나도 연극에 대해 말하고 싶었어. 그 얘기 하고 싶어서 굴욕을 무릅쓰고 여기 따라온 거야.

"나름 괜찮았어. 작품상도 받은 거라며. 참, 내가 작년에 세종문화회관에서 〈햄릿〉 봤다는 얘기했지?"

현서가 태오를 보며 말했다.

"얘기한 건 아니고 스토리 올라온 거 봤지."

"진짜 대단했어. 와! 정말 배우들 발성이, 완전, 대박! 배우 한 명 한 명이 객석을 압도하더라. 전에는 비싼 돈 주고 연극 보러 가는 게 이해가 안 갔거든. 영화가 훨씬 재미있잖아. 근데 〈햄릿〉 보고 나니까 연극을 왜 보는지 알겠더라."

현서는 포크를 든 손을 휘저어 가며 신나게 말했다. 태오가 샐러드를 먹으며 고개를 끄덕였다. 그런데 태오가 재밌었냐고 물은 연극은 〈햄릿〉이 아니지 않나? 〈햄릿〉 이야기를 자꾸 하는 건 〈능내역 편지〉는 별로였다는 의미야? 이렇게 찬물을 끼얹고 싶었지만, 그럴 분위기가 아니었다.

현서가 저렇게 나오니 태오도 연극 이야기는 더 꺼내지 않았다. 우리는 이런저런 연예인 이야기에서부터 여드름 관리법,

학교 후문 공사 때문에 정문으로만 다녀야 하니 불편하다는 얘기, 초록불이 켜지면 횡단보도를 건너는 똑똑한 고양이 등 시답잖은 이야기를 주고받았다.

조금 있으니 음식이 나왔다. 파스타에 무려 스테이크도 있었다. 현서는 익숙한 솜씨로 스테이크를 잘라 태오와 내 접시에 덜어 주었다. 우리는 각자 앞에 놓인 파스타를 먹기 시작했다. 포크로 파스타를 돌돌 말아 먹는 게 쉽지 않았다. 나는 잔뜩 주눅 들어 음식이 코로 들어가는지 입으로 들어가는지 모를 지경이었다.

"어때? 맛있지?"

현서의 말에 태오가 고개를 끄덕였다. 나는 아무 대꾸도 안 했다. 현서는 나를 쳐다보지도 않았으니까.

"우리 동아리 모임 한 번만 더 하면 돼. 크리스마스쯤에 하지, 뭐. 근데 내년에는 좀 체계적으로 준비하자. 커리큘럼 좋은 거 찾았거든. 이따 링크 보내 줄게."

이번에도 현서는 태오만 쳐다보며 말했다. 어색한 분위기, 불편한 자리에 오니 확실히 알겠다. 라이벌이든 뭐든, 현서는 그냥 내가 없어지길 바라는 것 같았다. 내년에 동아리 활동할 때는 나를 빼고 싶어 하는지도. 내 자격지심일지도 모르겠지만 눈치가 그랬다.

"나, 내년엔 여기 없을지도 모르는데?"

태오가 말했다.

"전에도 그런 말 하더니 왜 그래? 전학이라도 가는 거야?"

포크를 든 채 현서가 말했다. 나도 깜짝 놀랐다. 왜 또 저런 말을 하지?

"아직 확정된 건 아니야."

태오의 말에 심장이 쿵 내려앉았다. 현서도 많이 놀란 듯 말 없이 태오 얼굴만 쳐다보았다. 그렇지만 태오는 별 해명도, 설명도 없이 파스타만 먹었다. 더 물어봐도 대답하지 않겠다는 듯, 단단한 벽이 느껴지는 표정이었다.

"너 전학 가면 나도 따라가야지."

현서가 어색한 침묵을 깼다. 농담처럼 장난스러운 말투였지만, 나는 현서가 정말로 태오를 따라갈지도 모른다고 생각했다.

음식값은 현서가 자기 엄마 카드로 결제했다. 태오가 잘 먹었다고 말하기에 나도 잘 먹었다고 말했다.

우리는 버스 정류장에서 헤어졌다. 현서와 태오가 같은 버스를 타고 먼저 떠났다. 밤 정류장에 나 혼자 남았다. 조금 허전하고 쓸쓸했다. 비싼 저녁을 먹고 왜 이런 기분이 드는지 알 수 없었다.

집에 와서도 계속 울적했다. 연극 탓인가?

연극이 끝난 뒤, 많은 질문이 폭발하듯 솟구쳤다. 연극과 같은 상황에 처하면 나는 어떻게 할지. 내가 살기 위해 친구들을 팔아넘기나? 아님 주인공처럼 자살하나? 둘 다 싫다. 그럼 어떻게 해야 하는 거지? 이런 얘기를 속 깊은 친구와 나누고 싶었다. 그 친구는 말할 것도 없이 태오였고.

그런데 우리는 이상하게 헤어졌다. 왜 밥만 먹고 헤어진 거지? 멀리까지 가서 함께 연극을 봤는데, 왜 그냥 돌아온 거지?

이 기분으로는 도저히 잠을 못 잘 것 같아서 웹툰을 뒤적였다. 기분 전환이 필요했다. 어떤 걸 볼까 고민하고 있는데 카톡이 왔다. 현서였다.

> 살치살 스테이크 42,000원
> 성게알 파스타 24,000원 × 3
> 총 114,000원
> 38,000원 보내 줘.

불안한 예감은 틀리지 않는다. 이 무슨 날벼락인가. 잘 먹었다는 인사까지 했는데 청구서를 보내다니. 우리가 파스타집에 가자고 했나? 자기가 일방적으로 끌고 가서 일방적으로 주문해 놓고선 n분의 1이라니. 그럴 거면 음식점이랑 메뉴 고를 때 말을 했어야지, 물어보지도 않고 네 멋대로 하기에 현서 네가 내는 줄 알았잖아.

아닌가? 이런 생각을 하는 내가 쪼잔한 건가? 판단이 안 섰다.

너무 억울해서 밍글에 글을 올려서 의견을 듣고 싶었다. '이 돈 내가 보내 줘야 함?' 제목 쓰고, 간단한 내용 쓰고, 마지막에 이런 질문을 달았다. 얘, 나 떨구려는 거 맞지?

여기까지 쓰고 나서 확실히 깨달았다. 지금 다른 사람들 의견이 중요한 게 아니다. 나는 쓴 글을 지우고 태오한테 전화를 걸었다.

태오와 대화를 하고 싶었다. 태오야, 너도 현서한테 청구서 받아어? 설마 너한테까지 보낸 건 아니지? 현서가 나 떨구려고 이러는 거 맞지? 아니다. 정말 궁금한 게 있어. 너 정말 전학 갈 수도 있는 거야? 그 생각이 계속 나. 불안해서 미치겠어. 그리고 너랑 연극 이야기 하고 싶어.

하지만 태오는 통화 중이었다. 나는 십 초도 못 참고 또 전화를 걸었다. 통화 중이었다. 통화 중이라도 전화를 걸면 알림이 울릴 텐데, 태오는 카톡도 문자도 없었다. 나는 전화를 걸고 또 걸었다. 스토커가 따로 없었다. 그런데 한 시간이 넘도록 태오는 계속 통화 중이었다.

누굴까? 누구랑 이 늦은 밤에 긴 통화를 하는 거지? 불안감이 목까지 차올랐다. 사람이 이러다 미치는구나 싶었다.

꼬리 잘린 청설모

결국 전화 걸기를 포기했다. 부재중 전화가 남은 걸 보면 태오가 깜짝 놀랄 테니 문자를 남겼다.

> 헉 미안 급하게 물어볼 게 있어서 계속 전화했네ㅋㅋㅋㅋ 해결됐으니 신경 쓰지 않아도 됨ㅋㅋ 연극 보여 줘서 고마워. 즐거웠어. 굿밤!

잠이 오지 않았다. 거실에 나가니 엄마가 드라마를 보면서 졸고 있었다. 인기척에 잠이 깬 엄마는 방에 들어가서 자려는지 텔레비전을 껐다. 나는 그 순간을 놓치지 않고 엄마에게 현서가 보낸 청구서를 보냈다. 메시지 알림음에 엄마가 나를 쳐다봤다.

"도와 달라고."

애교 섞인 목소리로 말했다. 아마 표정도 귀여웠을 것이다.

엄마는 핸드폰과 나를 번갈아 보더니 한숨을 쉬었다. 중딩이 이런 비싼 저녁을 먹어? 간이 배 밖으로 나왔지? 이렇게 추궁하고 잔소리할 타이밍인데, 그랬다가는 열받아서 잠을 못 잘 거라고 생각하는 눈치였다. 엄마는 체념한 듯 알았다고, 엄마가 직접 현서한테 송금해 주겠다고 말하고는 안방으로 들어갔다.

엄마, 미안. 속으로 중얼거린 나는 냉동실에 있는 아이스크림을 꺼내 방으로 돌아갔다. 웹툰이라도 보다 보면 잠이 올지도 모른다.

그런데 웹툰도 눈에 들어오지 않았다. 정신이 딴 데 가 있으니 어떤 이야기에도 집중할 수가 없었다. 잠은 안 오고, 웹툰도 눈에 안 들어오고, 그렇다고 이 시간에 바깥에 나갈 수도 없었다. 할 수 없이 음악을 틀어 놓고 멍하니 누워 있었다.

일요일 아침이 되니 그냥 멍했다. 태오한테서는 문자도 전화도 오지 않았다. 신경 쓰지 말라고 했으니까 뭐. 그렇다고 진짜 신경 쓰지 않을 줄은 몰랐네. 시간이 지나 곰곰이 생각해 보니 이 일에 내가 목매는 게 좀 웃겼다. 태오랑 나랑 절친도 아니고 사귀는 사이도 아닌데, 주말 밤에 뜬금없이 전화해서 "태오야! 그때 애매하게 말했던 거 있잖아. 너 진짜 전학 가?" 이런 질문을 하면 태오는 얼마나 황당했을까?

그제야 깨달았다. 묻고 싶은 말이 아무리 많아도, 아무리 궁금해도, 이런 얘기는 자연스럽게 마주쳤을 때 하는 거다. 정신 바짝 차리지 않으면 난 그냥 스토커가 될 수도 있다. 간밤엔 살짝 돌았던 것 같다. 태오랑 통화를 못 한 게 얼마나 다행인지.

그렇지만 알 수 없는 불안감은 그림자처럼 나를 따라다녔다. 콕 집어서 말할 수는 없지만 어딘가 찜찜하고 거북한 느낌 때문에 학교에 가도 마음이 편치 않았다. 등굣길에 태오를 마주친 적도 있는데, 뭐라 말을 붙일 새도 없이 인사만 하고 헤어졌다.

시간은 쏜살같이 지나갔다.

토요일 오후에 늦은 점심으로 혼자 짜장라면을 끓여 먹고 있는데 태오 인스타에 새 글이 올라왔다는 알림이 떴다. 반가운 마음에 얼른 들어가 보니 청천벽력 같은 소식이 올라와 있었다.

뒤통수를 맞은 듯 어지러웠다. 잘못 읽은 거 아니지? 이거 한국어 맞지? 정신을 차리고 다시 읽어 봐도 같은 내용이었다.

갑자기 사막 한가운데에 혼자 뚝 떨어진 듯 막막하고 불안했다. 나 어떡하지? 앞으로 어떻게 살지?

  태오가 올린 글은, 이번 학기가 끝나는 대로 미국에 간다는 소식이었다. 친척 할머니가 캘리포니아주립대학에 연구 교수로 가는데, 자기도 따라가게 됐다고. 비자까지 다 받고 나서야 인스타에 알린 거였다. 설거지를 하고 세수까지 하고 나서 다시 읽어 봤다. 달라진 글자는 하나도 없었다. 올라온 지 삼십 분도 안 된 글인데 댓글이 쏟아졌다.

    ↳ 개부럽다ㅋㅋㅋ
    ↳ 언제 가?
    ↳ 오, 안태오 이제 글로벌로 노는 거임? 거기 가면 모쏠 탈출해라! 파이팅! ㅋㅋㅋ
    ↳ 그럼 앞으로 미쿡 시민 되는 거?
    ↳ 야!!! 나도 데려가라 캐리어에 얌전히 누워 있을게ㅠ

  아! 이건 축하할 일이구나. 이 소식이 슬픈 내가 이상한 거구나. 태오가 친구들한테 단 댓글들을 전부 살펴봤다. 비자가 생각보다 늦게 나오는 바람에 항공권을 구하기 어려웠다고, 내년 1월 7일에 출국할 거고, 할머니 연구 교수 임기가 끝나는 2년 후에 귀국할 거라고 했다.

> ↪ 할머니 따라갈지 말지 고민이 많았어. 미국에서 쭉 살 것도 아닌데 2년이나 공백 생기면 대학 입시를 거의 포기해야 한대. 부모님도 갈팡질팡했는데, 결국 가기로 했지. ㅋㅋㅋ 나한테 명문대 갈 싹수가 안 보이는 걸 간파했나 봄. ㅋㅋㅋㅋ

태오도 신난 것 같았다. 나만 이상한 게 확실했다. 아니다. 현서 댓글도 보이지 않았다. 현서도 심란할 테지. 전학 가면 따라갈 거라고 하더니, 현서는 정말 태오를 따라 미국까지 갈까?

그날 이후 마음이 시렸다. 뻥 뚫린 가슴으로 찬바람이 술술 들어오는 게 느껴졌다. 이제야 태오 네 어린 시절과 지금의 너, 앞으로 더 멋있어지기만 할 미래의 너를 제대로 이해할 수 있게 됐는데. 너에게 깊이 다가간 줄 알았는데. 내 안은 온통 너뿐인데. 이런 나를 두고 미국에 간다고?

사귀지도 않았는데 차인 기분이었다.

이틀 후 현서가 단톡방에 시 하나를 올렸다. 학교 도서관에 걸려 있던 정호승의 「고래를 위하여」였다. 태오를 향한 메시지인 건 분명한데, 무슨 의미인지 알 수가 없었다. 태오를 따라가겠다는 건가? 아님 기다리겠다는 건가? 현서를 만나 이 사태를 어떻게 할지 상의하고 싶을 정도로 나는 조금씩 미쳐 갔다.

가슴이 너무 답답해서 아무나 붙잡고 하소연을 하고 싶었다. 밍글에 글을 올릴까 하는 생각도 들었지만, 이 모든 일을 읽기 좋게 요약할 자신이 없었다. 속사정을 잘 모르는 사람들이 함부로 하는 말에 상처받지 않을 자신도 없었다.

나는 글을 올리는 대신 다른 사람들이 올린 글을 하나하나 읽었다. 인터넷이라 그런지 몰라도 좋은 일을 자랑하기보다는 안 좋은 일에 위로나 공감을 받고 싶어 하는 글이 훨씬 많았다. 그런 글에는 불안함과 두려움, 외로움 같은 것이 투명하게 드러나 있었지만, 마음을 다잡으려는 의지도 느껴졌다. 그렇게 읽은 글마다 꼬박꼬박 하트 버튼을 눌렀다. 이 작은 행위에 오히려 내가 위로를 받았다. 세상에 나만 힘든 게 아니구나, 다들 버티고 견디면서 살아 내고 있구나, 싶어서 글들이 그냥 다 고마웠다.

12월이 되자 거리는 크리스마스 분위기였다. 편의점 유리창에는 산타클로스 인형이 달렸고, 트리가 세워진 카페에서는 캐럴이 흘러나왔다. 그런데 날씨는 내내 따뜻했다. 기후 위기가 심각하다고, 겨울다운 겨울이 오기나 할지 모르겠다는 뉴스가 이어졌다.

싱숭생숭한 나날들. 현서가 동아리 단톡방에 마지막 모임을 헤르만 헤세의 『데미안』으로 하자는 말을 꺼냈다. 그런데 아무도 반응이 없었다. 나는 책을 읽을 엄두가 안 났고, 태오는 출국 준비로 정신없는 것 같았고, 유찬이는 왜 대꾸를 안 하는지 알 수 없었다.

유찬이 말대로 우리 동아리가 용두사미가 된 게 확실했다. 왜 이렇게 됐는지 분석할 애정도 없고 따질 힘도 없었다. 그냥 좀비가 된 것 같았다. 꼬이고 꼬여서, 현서가 마지막 모임을 제안한 게 순수한 의도가 아닐 거라는 생각만 들었다. 어떻게든 저 책으로 자신의 지적인 면을 뽐내서 태오에게 강렬한 인상을 남기려고, 그래서 태오가 미국에 가더라도 자기를 잊지 못하게 만들려고 저러는 것 같았다.

따뜻한 날이 이어지다가 어느 날에는 폭설이 내렸다. 느닷없이 들이닥친 한겨울 날씨에 밍글에는 이런 글이 주르르 올라왔다.

'날씨가 미쳤다!'

첫눈이 폭설이라니. 여기저기서 교통사고가 속출했고, 몇몇 지하철 구간은 운행이 중단됐다. 폭설에 유의하라는 안전 문자도 날아왔다. 뜨거운 해수면에서 만들어진 강력한 눈구름이 육지에 상륙하면서 생겨난 눈 폭탄이라고 했다. 뉴스에서는 이 또한 기후 위기 때문이라고, 앞으로도 이런 이상 기후가 반복될 거라는 설명이 이어졌다.

등교 준비를 하다가 휴교령 문자를 받았다. 이런 날씨에도 새벽같이 나간 엄마 아빠가 걱정되어 카톡을 보냈더니 칼답이 왔다. 둘 다 폭설이 내리기 전에 출근했고, 내 등굣길이 걱정이었는데 휴교령이 내려서 다행이라는 내용이었다.

현관문을 열 때 저항이 느껴졌다. 문을 힘껏 밀어 여니 계단과 마당에 눈이 발목 높이까지 쌓여 있었다. 실제로 보니 어마어마했다. 이런 눈은 난생처음 본다. 쌓인 눈 위로 계속 눈발이 날렸다. 세상이 눈으로 하얗게 뒤덮였다. 계속 이대로 겨울 세상에 살고 싶었다. 하지만 그건 안 되겠지? 골목에서 사람들이 분주히 눈을 치우는 소리가 들렸다. 나도 눈을 치워야겠다는 생각이 들었다. 마당에 눈이 가득 쌓여 있으면 엄마 아빠가 집 안으로 못 들어올 수도 있으니까.

나는 베란다를 뒤져 눈 치우는 삽을 가지고 나와 현관에서 대문까지 가는 길에 쌓인 눈을 말끔히 치웠다. 내친김에 집 앞도 치우려고 했는데, 문을 여니 골목은 벌써 깨끗하게 치워져 있었다.

눈은 금방 그쳤다. 오후가 되니 기온도 조금 올라갔다. 거실에 누워 있는데 이따금 지붕에서 눈 떨어지는 소리가 들렸다. 꼭 빗소리 같았다. 뉴스에서는 더 이상 폭설은 없을 거라고, 하지만 대중교통을 이용하는 편이 좋다고 했다.

나는 눈 세상에 홀로 갇혀 뒹굴뒹굴하며 웹툰도 보고 시집도 읽고 고구마도 먹으며 시간을 보냈다. 쓸쓸하고 외롭고 아늑했다. 생각지도 않았던 노래 하나가 불쑥 떠올랐다. 나는 한 곡 반복 재생을 걸어 놓고 계속 이 노래를 흥얼거렸다. Text me

Merry Christmas, Let me know you care, Just a word or two of text from you…….

　이 노래에 꽂혔던 봄날이 생각났다. 나를 위로해 주었던 노래. 이 노래를 부르고 있을 때 태오를 만났다. 그날, 태오와 눈이 마주쳤던 일이 떠올라 심장이 조여들었다.

　태오가 출국할 날이 얼마 남지 않았다. 나는 아직 태오에게 아무런 연락도 하지 못했다. 무슨 말을 해야 할지 알 수 없었다. 축하한다고? 정말 2년 후에는 돌아오는 거냐고? 사실 태오 목소리를 듣자마자 울음을 터뜨릴까 봐 걱정됐다. 이 겨울이 지나면 나는 어떻게 살아야 하나? 모르겠다. 이런 경험을 한 적이 없어서. 태오가 없다고 죽지는 않겠지. 하지만 더 이상 행복은 없을 것 같다.

　깜빡 잠들었다가 깨니 벌써 날이 어둑했다. 겨울은 낮이 짧다. 저녁을 먹어야 하는데, 밥을 차려 먹기가 싫었다. 눈물 나게 매운 핵불닭볶음면이 간절했다. 아무래도 내 뱃속에는 청개구리가 사는 것 같다. 이상하게 꼭 집에 없는 것만 먹고 싶은 걸 보면.

　패딩을 걸치고 집 앞 편의점으로 갔다. 그런데 거기에는 불닭볶음면이 달랑 하나만 남아 있었다. 하나만 먹을 바에는 차라리 안 먹고 말지. 불닭볶음면은 적어도 세 개는 먹어 줘야 한다. 나는 다시 규모가 더 큰 사거리 편의점으로 향했다. 눈이 치워져 있기는 했지만 길이 미끄러워 살금살금 조심히 걸었다.

어쩌면 기적을 바랐는지도 모르겠다. 불닭볶음면을 세 개는 먹어야 한다는 건 핑계고, 우연히라도 태오를 마주치면 좋겠다는 기대로 여기까지 왔을 수도 있다. 지난여름에도 이 편의점에서 우연히 태오를 만났으니까.

기적은 기적을 믿는 사람에게 일어난다고 했다. 이 말을 누가 했더라? 모르겠다. 방금 내가 지어 낸 말일 수도 있다. 진짜로 기적이 일어났으니까. 내 앞에 태오가 서 있었다. 태오가 반가운 표정으로 말했다.

"어? 여기 어쩐 일이야? 뭐 사러 왔어?"

나도 반갑게 손을 들었다. 내 몰골이 지난여름처럼 거지꼴이 아니어서 다행이다.

"그냥 뭐 이것저것. 넌?"

내 말에 태오가 장바구니를 들어 올렸다. 그 안에는 눈오리 집게가 담겨 있었다.

"눈오리 만들게? 누구랑?"

"응, 오리 떼를 만들 거야."

장난스럽게 대답한 태오가 물었다.

"시간 되면 같이 만들래?"

다시 한번 말하지만 이건 기적이다. 간절히 바라던 일이 일어난 타이밍에 불닭볶음면 따위는 생각도 안 났다. 며칠 굶어도 괜찮다. 태오와 함께라면.

우리는 편의점을 나와 지난여름 갔던 공원으로 향했다. 눈 쌓인 거리를 지나 공원에 도착하니, 가로등이 비추는 곳마다 새하얀 눈의 왕국이었다. 사람은 한 명도 보이지 않았다.

공원 안은 사람 하나가 겨우 지나다닐 수 있을 만큼만 눈이 치워져 있었다. 태오가 앞서 걷고 내가 뒤에서 걸어 벤치가 놓여 있는 곳까지 갔다. 우리는 그곳에서 부지런히 눈오리를 만들었다. 오직 눈오리 만드는 일에만 열중했다. 그렇게 만든 눈오리를 벤치와 돌계단 옆에 놓았다. 우리 주변은 순식간에 눈오리가 사는 동네가 되었다. 태오는 눈오리 떼 사진을 여러 장 찍었다. 나도 찍었다. 눈오리를 찍는 척 태오 사진을 찍고도 싶었지만 들킬까 봐 관뒀다. 태오가 찍은 사진들을 보여 줬다. 사진 속 눈오리가 실제보다 훨씬 예뻤다. 가로등 조명과 흰 눈 때문인 것 같았다.

눈오리들에게 작별 인사를 한 뒤 우리는 공원을 나왔다. 나는 집에 갈 생각도 없이 태오가 가는 방향으로 같이 걸었다. 우체국에 다다랐을 때 태오가 물었다.

"저녁 먹었어?"

"이 시간에?"

"안 먹었지?"

태오가 씩 웃었다. 연말이라 부모님은 회식 갔다 늦으신다는데, 저녁 혼자 먹기가 싫다고 했다. 내가 소리쳤다.

"나도! 나는 집에서 혼자 밥 먹기 싫어서 컵라면 사 먹으려고 나온 거였어."

"나랑 같이 먹어 줄 수 있어? 너 먹고 싶은 거 사 줄게. 나 용돈 받았어."

태오가 말했다. 내가 또 소리쳤다.

"좋지!"

우리는 우체국 옆 음식점으로 들어갔다. 세상이 폭설로 마비되었다더니 과연 음식점 안에 손님은 우리밖에 없었다. 우리는 거기서 냉면과 불고기를 먹고 위층에 있는 빙수집으로 갔다. 창가 테이블에 앉으며 태오가 말했다.

"난 꼭 겨울만 되면 냉면하고 빙수가 땡기더라."

"나도! 나도!"

나는 맞은편에 앉은 태오를 보며 오른손을 들었다. 태오가 내 쪽으로 몸을 기울이며 내 손에다 하이파이브를 했다.

눈이 그친 겨울밤은 아름다웠다. 세상은 눈 감옥에 갇혔는데 나는 내가 좋아하는 아이와 빙수를 먹고 있다. 그때, 연이은 기적처럼 내가 좋아하는 캐럴이 흘러나왔다. 태오가 숟가락을 든 채 나를 쳐다보며 웃더니 노래를 따라 불렀다. 나도 조용히 흥얼거렸다. Will remind me you're still there, You don't have to add much to it, One smiley face will do…….

나는 이 기회를 놓치지 않았다.

"이 노래 네 벨소리 맞지?"

내 말에 태오가 고개를 끄덕였다. 내가 말했다. 이 노래 진짜 좋아한다고. 힘들 때 이 노래를 부르며 버텼다고. 내 말에 태오는 또 고개를 끄덕였다.

"왜 이 노래로 벨소리를 한 거야? 너도 이 노래 좋아해?"

내 질문에 태오는 잠시 말없이 나를 쳐다보았다. 농담할 분위기가 아니라는 걸 알아차린 눈빛이었다.

"너 이 노래 자주 부르고 다녔지? 나도 이 노래가 좋아서."

"그뿐이야? 혹시 나 좋아하는 건 아니고?"

짐짓 장난스럽게 건넨 말에도 태오는 히히 웃기만 했다.

"난 네가 좋아."

의식하지 못하는 사이에 말이 툭 튀어나왔다. 내가 무슨 말을 한 거지, 생각할 겨를도 없었다. 절박했다. 이 아이를 볼 날이 얼마 안 남았다는 생각이 들자 망설일 이유가 없었다.

"그냥 좋아. 그런데 좋아하면 어떻게 해야 하는지 모르겠어. 고백하고 사귀는 건가? 그런데 내가 차일까 봐 고백을 못 했던 건 아니야. 차이는 건 상관없는데……. 그냥, 너를 좋아한다는 말은 하고 싶었어……. 그런데 말한다고 뭐 달라지나? 에이, 너 곧 미국 가는데 내가 왜 이런 얘기를 하는지 모르겠다."

나는 서둘러 말을 마무리 지으며 히히 웃었다. 태오도 나를 바라보며 연하게 웃었다. 꼭 처음 마주쳤던 순간처럼. 태오는 핸드폰을 꺼내더니 어떤 사진 한 장을 찾아내 내게 보여 주었다.

"뭐야? 다람쥐인가?"

"다람쥐랑 비슷하지? 청설모야. 초등학교 4학년 겨울 방학 때 할머니 따라 캐나다에 간 적 있거든. 이 녀석이 우리가 묵었던 게스트하우스 테라스에 있더라고. 근데 자세히 봐 봐. 꼬리가 이상하지 않아?"

"어? 그러네. 덫에 걸렸나? 아님 누구랑 싸우다가 이렇게 된 거야?"

"모르겠어. 어쨌든 꼬리가 잘린 걸 보니까 너무 가엾잖아. 그래서 한국에서 가져간 새우깡을 줬어. 잘 먹더라. 그래서 또 줬지. 내가 자꾸 주니까 그다음부터는 다른 청설모를 우르르 데리고 왔어. 너희도 과자 맛을 아는구나 싶어서 다른 과자도 막 줬어. 그런데 할머니가 보고 야단치셨어. 청설모한테 절대 과자 주면 안 된다고."

"왜?"

"나중에 알았는데, 미국이든 캐나다든 가는 곳마다 야생 동물한테 인간이 먹는 걸 주지 말라는 경고문이 붙어 있더라. 야생 동물은 스스로 살아가게 내버려두어야 하는 거래. 평생 책

임질 게 아니면 인간한테 의존하게 만들어서는 안 된다는 거지. 내 호의가 청설모한테는 나쁜 결과를 불러올 수 있는 거더라고."

나는 그렇구나, 하면서 고개를 끄덕였다. 그런데 이 얘기는 왜 하는 거지? 조금 전에 내가 너 좋아한다고 말했잖아. 그거랑 청설모랑 무슨 상관이야? 이 말을 차마 입 밖으로 내지는 못하고 태오의 얼굴만 빤히 쳐다보았다.

내가 자기 말을 못 알아들었다고 생각한 건가? 태오는 핸드폰에서 또 다른 사진을 찾아 내게 보여 주었다. 『어린 왕자』의 한 구절을 찍은 사진이었다.

'너는 기억해야 해. 너는 네가 길들인 것에 대해 언제까지나 책임이 있는 거야. 너는 장미에 대한 책임이 있어.'

"이 말이 내 심장에 콱 박혔어. 책임을 지는 거, 이게 사랑인 거 같아. 감정은 금방 바뀔 수 있잖아."

태오가 나를 물끄러미 쳐다보며 말했다.

"그건 그렇지. 하지만 감정을 무시할 수는 없잖아."

"그건 그렇지."

태오가 내 말을 따라 하며 히히 웃었다. 나는 태오의 그 표정이 웃겨서 같이 웃었다.

바깥은 하얀 눈 세상이고, 따뜻한 카페에는 태오와 내가 좋아하는 노래가 계속 흘러나왔다. 빙수를 먹으며 태오와 마음을 나누는 지금 이 순간이 꿈같았다. 영원히 깨고 싶지 않은, 행복한 꿈의 나라.

사랑이 넘치도록 많은 사람

쉬는 시간에 화장실에 가려고 교실 문을 여는데, 윤도하랑 딱 마주쳤다. 내가 옆으로 먼저 비켜서 복도로 나왔는데, 뒤에서 윤도하가 소리쳤다.

"홍지민! 잠깐만!"

나는 냉큼 뒤돌아보았다. 귀한 내 쉬는 시간 까먹지 말고 용건만 말해. 이런 눈빛으로 윤도하를 째려보았다.

"너 나한테 악감정 있는 거 아니지?"

얘가 뭘 잘못 먹었나? 왜 저런 말을 하는 거지?

"뭐래?"

"아니지? 기다 아니다, 대답만 해."

"내가 왜 그 대답을 해야 되는데?"

"그냥. 좀 해 주면 안 돼?"

"싫은데?"

이러는 사이에 벌써 이 분은 까먹었겠다.

"어쨌든 난 물어봤어. 나중에 딴소리 없기다."

"뭐래? 내가 너한테 악감정을 갖든 말든 네가 뭔 상관이야? 내 감정까지 너한테 알려 줘야 돼?"

여기까지 쏘아붙였는데, 갑자기 또 할 말이 생각났다.

"왜? 내 뒷담화 신나게 하고 다녀서 찔려서 그래? 야, 윤도하! 네가 나한테 잘못한 게 있으면 사과부터 해. 그게 순서야. 악감정이 있네 마네 묻는 건 나중이라고."

이 말은 하지 말 걸 그랬나? 하지만 하도 어이가 없어서 자동으로 이 말이 튀어나왔다. 저 자식이랑 말싸움하기 싫은데 자꾸 시간만 까먹고 있다.

"미안!"

천지가 개벽할 노릇이다. 어쩐 일로 윤도하가 사과를 다 하지? 진짜 내 험담을 엄청나게 하고 다녔나 보네. 대체 어떤 험담인지 따지고 싶었는데, 윤도하는 미안하다는 말만 하고는 교실로 쪼르르 튀어 버렸다.

윤도하가 왜 안 하던 짓을 한 건지 짐작할 만한 이야기를 들었다. 급식 먹을 때 루리가 예승이 학폭 건이 잘 마무리되었다는 소식을 전해 주었다.

"어떻게?"

"합의했대."

"합의? 합의하면 좋은 거지? 끝까지 안 가는 거지?"

"당연하지. 예승이네 집에서 변호사 선임했나 봐. 변호사가 합의하라고 했대. 잘됐어. 나중에 처분 세게 받으면 어떡하냐? 평생 따라다닐 텐데."

루리가 말했다. 예승이도 당해 봐야 한다더니, 루리도 내심 걱정됐나 보다. 하긴 아무리 미운 애여도 나락 가는 걸 보고 싶지는 않겠지.

저절로 안도의 한숨이 나왔다. 예승이가 맞폭 신고할 거라고 해서 나도 걱정이 많았다. 내가 아는 사람이 불행해지는 건 싫다. 너무 잘되면 질투는 나겠지만, 다들 잘살았으면 좋겠다.

루리와 나는 점심을 다 먹고 운동장으로 나갔다. 우리는 이파리가 다 떨어진 은행나무 아래 벤치에 앉았다.

"봐 봐, 지민아! 저 언니 축구 엄청 잘하지?"

루리가 말했다. 운동장에서는 남녀 혼성팀이 학년 대항 축구 경기를 하는 것 같았다. 2학년 팀에는 태오와 유찬이도 있었다.

"우린 2학년인데, 3학년 응원할 거야?"

"응. 나 저 언니 팬이거든. 저 언니 미드필더인데, 완전 날아

다녀."

신난 목소리였다. 루리 말처럼 추운 날씨인데도 다들 펄펄 날아다녔다.

"나 살짝 남혐 있었는데, 없어졌다?"

축구 경기가 슬슬 끝나 갈 때 루리가 불쑥 말했다. 시선은 여전히 운동장을 향한 채였다.

"왜?"

"남자애들이 좀 변한 거 같아. 넌 못 느껴?"

윤도하가 떠올랐다.

"어? 그런 것도 같다. 근데 왜 변했어? 단체로 약 먹었나?"

"응, 맞아. 단체로 약 먹은 듯."

루리는 이 말을 하면서 히죽 웃었다. 예승이의 학폭 건으로 2학년이 떠들썩해지면서 걸핏하면 학교 폭력 예방 안내문이 나왔다. 전문 극단이 와서 학교 폭력 예방 연극을 올린 날도 있었다. 내가 태오한테 몰두해 있느라 이런 변화를 눈치채지 못한 거였다.

"예승이도 좀 변한 거 같아."

내가 말했다.

"완전 딴사람 됐지. 예승이네 다 찢어지고 예승이 요즘 은초랑만 다니잖아. 예승이 목소리 작아진 거 봐. 아오, 웃겨. 근데 저런 일 터지면 쪽팔려서 학교 못 다닐 거 같은데, 예승이 전학 안 갈 건가 봐."

"다 해결됐는데 굳이 전학까지 갈 거 있나?"

"하긴. 학폭 위원 아줌마가 둘이 잘 합의하게 많이 도와줬대. 그래도 한때 좋아하던 사이였는데, 더럽게 헤어지면 안 좋잖아."

"그건 그래. 학폭 위원 아줌마 고맙다. 그렇지?"

"그럼. 근데 지민아, 남협도 없어졌는데 나 또 누구 사귈까?"

루리가 나를 쳐다보며 장난스럽게 말했다. 말을 뱉어 놓고 나니 좋은지 코까지 벌렁거리며 킥킥 웃었다.

"너 누구 좋아하는 애 있구나? 누군데? 누구야?"

내 말에 루리는 대답도 없이 까르르 웃었다. 그때 점심시간이 끝나는 예비 종이 울렸다. 우리는 벤치에서 일어났다.

"3학년에도 우리 같은 반 되면 좋겠다."

루리가 혼잣말처럼 중얼거렸다. 생각지도 못한 말이었는데, 나는 이렇게 대꾸했다.

"나도."

우리가 구령대 쪽으로 걸어가는 동안 축구 경기도 끝났다. 나는 저 멀리서 걸어오는 태오를 보며 양손을 크게 흔들었다. 태오도 나를 발견했는지 손을 흔들었다. 유찬이도 손을 흔들었다. 유찬이는 내가 자기를 보고 손을 흔든 줄 아는 모양이었다.

현서가 학생회장에 당선됐다. 선거 운동을 돕거나 하지는 않았지만 나는 당연히 현서를 찍었다. 이유는 하나였다. 전교 학생회장이 되면 태오를 따라 미국에 가지 않을 테니까.

단톡방에 유찬이가 당선 축하한다는 말을 했다. 태오와 나도 축하한다고 말했다. 축하 파티를 하자는 유찬이의 제안에 현서가 태오 송별회를 겸해서 모이자고 했다. 다들 좋다고 했는데, 문제는 날짜였다. 곧 방학이었다. 유찬이는 방학하자마자 가족 여행을 간다고 했고, 태오는 미국 가기 전에 집안 모임이며 어학원이며 연일 바쁜 것 같았다. 단 하루도 맞는 날짜가 없었다. 결국 마지막 동아리 모임은 흐지부지 불발됐다. 그러자 현서가 이런 카톡을 보냈다.

> 아쉽다. 그럼 우리 여름 방학에 미국 놀러 가도 되지?

태오는 당연히 좋다고 했다. 놀러 오라고, 자기가 가이드가 되어 주겠다고 했다.

현서가 말한 우리란 누굴까? 동아리 단톡방이니 당연히 유찬이랑 나를 말하는 거겠지. 자기 혼자 간다고 하면 태오가 부담스러워할 테니 유찬이랑 나까지 끌어들인 거였다. 그런데 미국이 동네 파스타집인가? 나는 돈도 없고, 부모님이 허락도 안 해 주실 거다. 철없다고 혼이나 나겠지. 유찬이는 현서 말에 별다른 대꾸를 하지 않았다. 뭐, 둘이 잘 다녀오든지 말든지.

방학 전날, 태오가 인스타에 눈오리 사진을 올렸다. 나랑 같이 만든 눈오리였다. 나도 인스타에 눈오리 사진을 올릴까, 잠깐 생각했지만 결국 안 올렸다. 태오가 올린 사진에 하트만 눌렀다. 현서가 댓글을 달았다. 눈오리 가족 예쁘다고, 언제 만든 거냐고. 현서의 댓글에 태오는 별 설명 없이 'ㅋㅋㅋ'만 달았다.

나는 틈만 나면 서점을 싸돌아 다녔다. 태오한테 의미 있는 선물을 하고 싶었다. 처음에는 책을 선물하려고 했는데, 나보다 책을 월등히 많이 읽은 태오한테 어떤 책을 선물해야 좋을지 알 수 없었다. 고심 끝에 골랐는데 취향에 안 맞거나 이미 읽은 책이면 낭패였다. 남자애들은 뭘 좋아하지? 이런 것까지 인터넷에 물어보고 싶지는 않았지만, 검색해 보니 선물의 세계는 광대했다. 하지만 그 수많은 목록 중에 태오가 좋아하고 필요로 할 만한 건 보이지 않았다.

결국 선물 상자를 샀다. 거기에 굵기별로 다양하게 고른 예쁜 볼펜과 수면 양말, 수면 안대, 눈사람이 그려진 타월, 그리고 계속 연락하자는 말을 쓴 카드를 넣었다. 이 선물을 받고 좋아할 태오의 표정을 상상하니 뿌듯했다.

원래는 크리스마스 전날에 잠깐 만나서 주려고 했다. 그런데 크리스마스에 태오가 가족들과 설악산에 여행 가기로 했다는 말이 생각나서 조금 미뤘다. 크리스마스에는 집에서 만둣국을 먹었다. 뒹굴며 귤도 까먹고, 영화도 보고, 전에 태오가 말한 소설 『유럽의 교육』도 조금 읽었다.

그래도 새해가 오기 전에는 선물을 주고 싶었다. 아무래도 출국이 코앞일 땐 날 만날 시간이 없을 것 같았으니까. 무엇보다 선물을 핑계로 태오를 만나 데이트라도 하고 싶었다. 용기를 내 카톡을 보냈다.

> 태오야 언제 시간 돼?
> 잠깐 만날 수 있어?

그런데 태오는 한 시간이 넘도록 메시지를 읽지 않았다. 왜지? 가슴이 쿵쿵 뛰었다. 에이, 바쁘겠지. 곧 읽고 답장하겠지. 그런데 두 시간, 세 시간이 지나도 '1'이 사라지지 않았다. 벌써 해가 저물었다. 나는 저녁을 먹지도 못했다.

텔레비전에서 저녁 뉴스가 나오기 시작할 때쯤에야 태오한테서 전화가 걸려 왔다.

"미안, 카톡을 이제야 봤어."

태오가 말했다. 주변이 좀 어수선한 것 같았다.

"많이 바쁘구나."

"응. 나 내일 출국하거든. 항공권 날짜를 급하게 바꿨어."
"뭐? 내일 간다고?"

나도 모르게 소리를 질렀다. 온몸에 힘이 쭉 빠졌다. 태오가 너무 바빠 보여서 왜 예정보다 일찍 가는지 묻지도 못했다. 우리는 안부만 간단히 묻고 전화를 끊었다.

전화를 끊자마자 나는 선물 상자 사진을 찍어 카톡으로 보냈다. '직접 만나서 주려고 했는데 ㅠㅠ' 이런 말과 함께. 태오는 활짝 웃는 이모티콘과 함께 마음만으로도 고맙다는 답장을 보냈다.

그리고 태오가 떠났다.

태오가 태평양을 건너는 동안 나는 방구석에 앉아 미키와 도널드가 나오는 옛날 애니메이션을 보았다.

제야의 종이 서른세 번 울리고 새해가 되었다. 나는 열여섯 살이 되었다. 그날 오후, 태오가 단톡방에 별 사진을 보냈다.

태오: 별 사진 찍은 건데, 잘 안 보이지? 여기 밤하늘에는 별이 가득하다. 난 미국 도착. 시차 때문에 해롱해롱하다 ㅋㅋㅋ

현서: 벌써 미국이라고? 너 1월에 간다고 했잖아.

유찬: 송별회도 안 하고 가면 어떡해???

> **태오**
> 미안미안 할머니 일정 때문에 그렇게 됐어

나는 채팅창을 가만히 들여다보다가 카톡 하나를 보냈다.

> 별 넘 예쁘다.

별 사진을 보니 그제야 태오가 떠난 게 실감 났다. 태오는 너무 먼 곳에 있다.

그날 이후 단톡방은 조용했다. 자율 동아리 단톡방이니 조만간 흐지부지 사라지겠지. 이제 나는 태오를 잊어야겠지. 그게 정답이겠지. 그런데 이렇게 말하는 건 너무 쉽다. 이번 시험 잘 봐야지, 수능 잘 봐야지, 이런 말들처럼.

방학 동안 나는 학원을 다니고, 집에서 뒹굴거리고, 루리를 만나 노래방에 가기도 했다.

어느 날은 눈이 내렸다. 나는 몇 시간이나 동네를 돌아다녔다. 태오와 눈오리를 만들었던 공원에 가니 많은 사람들이 눈사람을 만들고 있었다. 당연하지만 우리가 만든 눈오리는 사라지고 없었다.

배가 고팠다. 나는 편의점에서 군고구마를 사 와서 혼자 저녁을 먹었다. 김치찌개와 군고구마는 잘 어울렸다. 설거지를 하는데 퇴근한 엄마가 집에 돌아왔다. 나는 귤을 들고 내 방으로 왔다.

서랍에서 스케치북을 꺼냈다. 아까 공원에서 눈사람 만들던 사람들을 그리고 싶었다. 내 마음이 들어가려면 사진보다 그림이 낫다. 우리가 만든 눈오리는 녹아 사라졌지만, 우리의 앨범에, 우리의 마음에 그날의 눈오리는 그대로 남아 있다. 난 태오를 잊을 수 없다.

태오가 떠난 이후로 태오가 더 많이 생각났다. 생각해 보면 나는 늘 누군가를 기다리고 그리워하며 살았다. 어릴 때는 부모님을, 자라면서는 할머니를. 이제 나는 태오를 그리워하며 살게 될 것이다.

그렇지만 안다. 그리움이 해피엔딩을 가져다주지 않는다는 걸. 나아가 그리워하던 세월이 나를 배신할 수도 있다는 걸. 최소한 배신당하지 않기 위해 나는 생각하고 또 생각했다. 사실 일부러 생각한 건 아니다. 그냥 매일 태오가 생각났다. 내가 태오에게 좋아한다고 고백했을 때 태오는 왜 꼬리 잘린 청설모 이야기를 했는지, 『어린 왕자』 이야기는 왜 했는지. 이건 예스인가? 노인가? 이렇게도 생각해 보고, 저렇게도 생각해 봤다. 결론은 모르겠다. 내가 태오의 마음을 완전히 알 수는 없으니까.

그림을 그리기 시작했다. 태오를 처음 만났던 장면, 통화를 하던 장면, 여름날 공원을 걷던 장면, 겨울날 눈오리를 만들던 장면. 그림을 그린 뒤 내 느낌도 적었다. 돌이켜 보니 우리는 통화를 하거나 우연히 만나면 꼭 사귀는 사이처럼 다정했다. 정말 그랬다. 착각하는 거 아냐? 스스로에게 질문을 던져 봤는데, 내 느낌은 확실했다.

짝남도 나를 좋아하는 거 같거든?

 일단 전에 내가 쓴 글 링크. 참고하셈.

1. 짝남이 내가 좋아하는 노래를 벨소리로 설정함. 이건 물어봤는데 내가 흥얼거리는 거 듣고 벨소리로 한 거 맞대.

2. 전에 어떤 애가 손금을 봐 줬음. 나는 아이를 셋 낳는다고 하고 짝남은 둘 낳는다고 나왔음. 그랬더니 짝남이 자기도 셋 낳고 싶다고 말함.

3. 둘이 있으면 꼭 사귀는 사이 같음. 자주 통화하는 건 아니지만, 통화하면 기본 두 시간 이상. 말이 진짜 잘 통함. 취향도 비슷함.

4. 짝남한테 지나가는 말처럼 고백했음. 너 좋아한다고. 그랬더니 짝남이 어린 왕자 얘기를 하면서 사랑은 책임이라고 말함. 이건 솔직히 무슨 뜻인지 헷갈림. yes or no?

아, 참고로 지금 짝남이랑 사귈 상황은 아님. 짝남이 어디 멀리 가 있어서. 나는 기다릴 수 있음.

1. 백퍼 짝사랑.

2. 짝남도 호감이 있는 단계.

3. 서로 좋아함. 기다렸다가 고백하고 사귀면 됨.

4. 짝남의 마음이 어떤지 알아 봐야 좋을 거 없음. 몸이 멀어지면 마음도 멀어짐. 짝남에 대한 마음 접어야 함.

글을 올린 뒤 귤을 하나 까먹었다. 귤을 먹는 동안 조회 수가 계속 늘어났다. 댓글도 순식간에 세 개나 달렸다.

나는 댓글을 확인하는 대신 화장실에 가서 찬물로 세수를 한 다음 마당으로 나갔다. 꽃 한 송이 없는 겨울 마당은 쓸쓸했다. 찬바람이 휙 지나갔다. 하늘을 올려다보았다. 초승달만 덩그러니 떠 있는 캄캄한 겨울 하늘을 사진 찍었다.

그리고 생각했다. 눈앞에 놓인 풍경은 다르지만 태오와 나는 같은 하늘 아래에 있는 거라고. 이거면 됐다고.

이번에야말로 사람들이 어떻게 말하든 나는 태오를 계속 좋아하고 기다릴 것이다. 그 아이를 좋아하니까. 태오를 차지하고 싶은 게 아니라, 그냥 그 아이가 좋다. 그 아이가 있는 이 세상이 좋다.

태오를 기다리는 동안 나는 정말 잘 살 것이다. 나중에 태오가 멋있어진 나를 보고 깜짝 놀라겠지. 그때 제대로 고백할 생각이다. 너를 좋아한다고, 너와 인생을 함께하고 싶다고.

차일 것 같지는 않지만 뭐, 차여도 괜찮다. 그때쯤이면 나는 세상이 깜짝 놀랄 만큼 매력적인 사람이 되어 있을 테니까.

한 사람의 사랑을 갈구하지 않아도 될 만큼, 사랑이 넘치도록 많은 사람이 될 테니까.

작가의 말

 나는 문학이 세상을 바꿀 수 있다고 믿는다. 그 믿음이 어느 정도인지는 말하지 않겠다. 사석에서 몇 번 말했다가 망신만 당했다. 내 간증을 들은 지인들은 차마 말은 못 하고 이런 표정으로 나를 쳐다보았다.
 '너, 드디어 돌았구나.'
 사실 믿음을 말할 필요는 없다. 작가는 작품으로 증명하면 된다.
 오래전부터 간절하게 써야 할 이야기가 있었다. 다른 작품을 쓰는 중에도 그 이야기를 생각하고, 자료를 찾고, 쓰고, 또 썼다. 어떤 박제된 역사에 숨결을 불어넣고 싶었다. 잘만 쓴다면 내 젊은 시절 죽었던 이들의 영혼이 부활할 것 같았다. 그렇게 20여 년 동안 돈키호테처럼 매달렸던 소설을 지난해 완성했다. 그리고 깨달았다. 이 이야기는 너무나 뜨겁고 위험해서 끝내 세상에 내놓을 수 없다는 것을.
 이제 그 이야기를 접는다. 욕망과 상처도 흘려보낸다. 21세기가 오는 걸 보지도 못하고 죽은 이들을 생각하면 여전히 마음에 파도가 치지만, 이제 재능도 없는 내가 할 일은 별로 없는 것 같다.

이 소설은 그 이야기에 나온 작은 에피소드에서 출발했다. 여러 번 갈아엎는 과정에서 10대 아이들의 이야기가 점점 커져 버렸다. 고백하자면 나는 운이 좋아서 작가가 된 것이지, 역사의 아픔을 껴안는 작품을 쓸 그릇은 못 된다.

그러니까 내 옆에서 살아 조잘거리는 사춘기 아이들의 이야기를 쓸 때는 마냥 신났다. 마침표를 찍은 지금도 이 소설에 나온 아이들과 더 수다 떨고 싶을 정도다. 변명하자면, 수십 년 동안 붙잡고 있던 이야기나 이 작품이나 결국 나는 사랑에 대해 말하고 싶었던 것 같다. 영혼의 살점을 지불하면서까지 도파민을 얻는 세상에 하품 나게 사랑이라니. 생각해 봤는데, 그렇게 다시 생각해도 사랑이야말로 정답이다.

도달 불가능한 목표를 욕망하게 만들고 그에 이르지 못하면 패배자라는 인식을 주입하고, 차별과 혐오, 우울과 무력감이 미세 먼지처럼 떠도는 시절이 아닌가. 여기에 굴복하지 않고 인간의 존엄을 지키며 살아갈 힘은 어디서 나올까? 이 소설은 그에 대한 질문이기도 하고 답이기도 하다.

2019년 이후 작가와의 만남 자리에서 수많은 청소년을 만났다. 그중에 대중문화와 미디어에서 소비되는 이미지를 가진 아이는 한 명도 없어서 신기했다. 아이들이 참 예쁘다는 소리를 많이 하고 다녔는데, 중학교 교사인 친구는 내가 예쁜 아이들만 만나서 그렇단다. 그럴지도 모른다. 어쨌든 이렇게 예쁜 아이들이 있다는 걸 세상에 널리 알리고 싶었다.

이를테면 이 소설 속 태오는 내가 만난 많은 남자아이들의 이미지를 바탕으로 만들어졌다. 다른 아이들도 마찬가지다. 눈에 띄는 구석 없이 평범한 아이들, 알파남이나 알파걸 같은 드라마틱한 캐릭터에서 거리가 먼 아이들을 작품 속에 끌어들이고 싶었다. 유행에 뒤처지고 싶지는 않지만 인간과 자연, 세계에 대한 진지한 고민을 놓치지 않는 아이들의 이야기가 일종의 유기농 재료가 될 수 있을 것 같았다.

그리하여 또 중학생 일기 같은 작품을 내놓게 되었다. 이게 내 한계인가 싶어 자괴감이 들었는데 평범한 사람이 사회를 지탱하는 거라는 김장하 어른의 말씀이 큰 위로가 되었다.

다음 작품에 자기 이름을 써 달라고 부탁했던 친구들에게 해명한다. 소설로 들어오면 인생의 굴곡을 겪을 수밖에 없는데, 너희들 이름으로 그 일을 겪게 할 수는 없었다고. 하지만 이 소설 어딘가에 예쁜 모습으로 너희들이 있을 거라고.

우리학교 홍지연 대표님, 나보다 지민을 더 아꼈던 소영 편집자님, 작품을 쓸 때 많은 조언을 해 준 딸에게 감사하다.

강연 때 만났던 많은 친구들에게 안부 인사를 전한다. 잘 지내지? 오늘도 즐거운 하루!

황영미